# Petit éloge de la gourmandise

En couverture : ©iStockphoto

Couverture et mise en page : Julie Bloemhof


Éditions François Bourin
21, rue Trousseau 75011 Paris
www.bourin-editeur.fr

Nicolas d'Estienne d'Orves

# Petit éloge de la gourmandise

ÉDITIONS FRANÇOIS BOURIN

**Du même auteur**

Romans

*La Gloire des maudits*, Albin Michel, 2017 ; Le Livre de poche, 2019

*La Dévoration*, Albin Michel, 2014 ; Le Livre de poche, 2016

*Les Fidélités successives*, Albin Michel, 2012 ; Le Livre de poche, 2014

*L'Enfant du premier matin*, XO, 2011 ; Pocket, 2013

*Les Derniers Jours de Paris*, XO, 2009 ; Pocket, 2011

*Les Orphelins du mal*, XO, 2007 ; Pocket, 2009

*Othon ou l'aurore immobile*, Les Belles Lettres, 2002 ; J'ai Lu, 2017

Nouvelles

*Narcisse et moi*, Le Castor astral, 2018

*Paris n'est qu'un songe*, Steinkis, 2016 ; J'ai lu, 2018

*La Sainte Famille*, Mille et une nuits, 2005

Essais

*Petite encyclopédie du mauvais goût*, Michel Lafon, 2019

*Petits plaisirs que seul Paris procure*, J'ai lu, 2017

*Dictionnaire amoureux de Paris*, Plon, 2015

*Je pars à l'entracte*, NiL, 2010

Biographies

*Marthe Richard*, Calmann-Lévy, 2018 ; Points, 2021

*Jacques Offenbach*, Actes Sud, 2010

*À la mémoire de Dick Motte,*
*mon parrain.*

*Pour Bruno M. Poupouniou,*
*gourmand absolu.*

*Un poème jamais ne valut un dîner.*
Joseph Berchoux, *La Gastronomie*

# Introduction

Je n'aime pas la théorie. J'ai coutume de laisser la pensée à ceux qui en font profession et préfère raconter, donner à voir. J'aime ouvrir la mémoire des sens, surtout s'il est question de saveurs. Dresser l'éloge de la gourmandise n'est pas pour moi un travail cursif, avec raisonnement, thèse et antithèse. Mon esprit n'est pas rôdé à cela et je n'ai rien à démontrer. Réduire le plaisir à des logarithmes n'est ni dans ma nature, ni dans mes aspirations. À cela, je choisis d'opposer un herbier, une petite arborescence mémorielle, qui vogue sur le flot de mes propres aventures gourmandes. Je ne connais pas une unique porte d'entrée à ma gourmandise, mais mille étroites meurtrières, par lesquelles se glissent mes papilles, au gré des humeurs et des saisons. Gourmand d'été ou gourmand d'hiver, gourmand d'antan ou gourmand du jour, gourmand passionné ou gourmand irrité, il y a un peu de tout cela dans ma marmite, saupoudré de colère, de coups de sang, d'images parfois lointaines, d'une foi qui sait être mauvaise et d'un amour sincère, réel, jamais repu pour les joies de la gueule. Si la gourmandise est universelle, le goût est singulier. Aujourd'hui, le mien vous invite à sa table et vous souhaite bon appétit. Et maintenant, mangeons !

# Cuisinières

J'ai eu beaucoup de chance. Garçonnet élevé dans un monde adulte, j'habitais avec ma mère, laquelle vivait chez ses parents. Une atmosphère chaleureuse, étouffante, romanesque, surannée et forcément enrichissante. Notre immense baraque familiale était traversée de cris, de rires, de colères, d'hystérie, de merveilles et d'injustices, où – comme un bateau perdu en mer – chaque éclat prenait les proportions d'une vie scrutée à la loupe.

Mon grand-père était de ces Américains francisés dont la famille était arrivée en Europe en marge des troupes de 1917 et de la grippe espagnole. Ma grand-mère était un pur produit de la culture ghetto-gotha, une vieille lignée lorraine s'étant unie à des banquiers juifs rhénans. Ce cocktail étrange avait produit un gynécée raffiné et complexe, qui vivait en lazaret.

Mes grands-parents ayant poussé dans l'aisance, ils n'envisageaient pas le quotidien sans domesticité. Ma grand-mère ne travaillait pas mais n'allait pas gâcher son oisiveté à des activités ancillaires ; autant dire que la cuisine lui était une *terra incognita*. Elle savait en revanche diriger une équipe et concocter des menus. Elle savait surtout choisir la perle qui reproduirait à l'identique la nourriture qu'elle avait toujours connue. Bref : ma grand-mère avait des cuisinières, et des meilleures.

Elles s'appelaient Léone, Marguerite, Charlotte, Marie, Andrée et ont scandé mon enfance. Charlotte était charentaise, élève du Cordon bleu, et roulait les « r ». Jusqu'à sa mort, elle vint passer Noël chez nous, car ma grand-mère la conviait toujours ; toutefois, elle restait dans la cuisine et dormait à l'étage des domestiques… Marie était une Polonaise éthylique, toujours mi-pompette, qui me chérissait comme son enfant mais laissait la porte du four ouverte pour prendre une rasade de vodka ; et voilà le petit garçon, à quatre pattes, qui met ses paumes à plat sur la paroi brûlante. Marguerite ressemblait à une cuisinière des années Coty et préparait des plats comme on n'ose plus les nommer, tel le « nègre en chemise ». Toutes arrivaient à pas de loup à la porte du salon et lançaient un « madame est servie » au diapason de leur fierté : les premières le trompétaient, les dernières le chuchotaient.

Les anecdotes sont légion et n'ont de saveur que pour moi, mais j'ai grandi dans cette atmosphère démodée et cossue, où la cuisine obéissait à une logique militaire. Le plus étrange est que mes grands-parents étaient peu gastronomes. Comme on achète une Rolls pour faire le tour du pâté de maison, ils exploitaient rarement les talents de leurs cuisinières. Si elle était toujours délicieuse, la table se limitait à des plats de cuisine bourgeoise (blanquette, lapin chasseur, poulet à l'estragon, rôti de bœuf) parfaitement réalisés mais d'un ennui courtois. Mon grand-père ayant en horreur tout produit musqué, son épouse n'avait de cesse de ligoter ses propres tendances, qui la poussaient vers des mets plus aventureux. Aucun débordement, dans ces repas minutés, corsetés. Un déjeuner réussi n'était pas un balthazar gourmand, mais un ensemble cohérent, une structure. On ne se grisait pas, on ne s'enivrait guère, on s'empiffrait rarement, mais avec le recul je comprends qu'ils étaient le dernier avatar d'un monde désormais englouti. Pour retrouver cette ambiance, il me faut voir des films, lire des livres, car les grands dîners parisiens n'ont rien de ce quotidien quiet, un poil compassé, où l'on oublie qu'on mange des trésors parce qu'ils sont simples et naturels.

Les années ont passé ; grands-parents et cuisinières dorment sous le marbre ; les maisons ont été vendues, les recettes oubliées, les héritages dilapidés. Il ne reste que quelques photos, des menus jaunis, des plats aux saveurs incertaines que je ne parviens pas à retrouver, car ces dames sont mortes avec leurs recettes : qui me refera le pannequet soufflé à l'abricot de Marie, dont la seule évocation donne des fourmis aux papilles ?

La nostalgie m'ouvre toujours l'appétit.

# Abats

La tripe exhale un parfum de scandale. Comme si goûter les organes avait valeur d'interdit. La triste affaire de la vache folle n'a guère arrangé cette réputation, qui a vu les triperies fermer l'une après l'autre, pour ne plus être qu'un sous-genre des boucheries, relégué aux marchés ambulants. C'est qu'ils font peur, ces organes aux formes étranges, aux couleurs moirées, aux noms inquiétants, lorsqu'ils nous narguent à l'étal. Surtout : ils se rappellent bien plus à nos souvenirs qu'un steak ou une côtelette. À bien y regarder, un rôti n'évoque rien d'autre qu'un repas en puissance. Chez les abats, la métaphore est plus tortueuse. La viande banale nous annonce ce qu'elle sera, les abats nous rappellent qui ils furent. Un défi à nos réticences gastronomiques : comme si le mets nous disait : « Chiche ? » Lorsque j'emmène mes enfants devant une vitrine bien garnie, je leur fais reconnaître les produits et ne puis retenir quelques remarques indélicates : « Regarde cette cervelle : hier encore, elle pensait… » Mes petits sont rôdés et déjà se lèchent les babines, mais les abats ont cette nudité rupestre qui nous renvoie à notre propre sauvagerie. Ils nous montrent combien l'œil et le goût sont mêlés. Beaucoup préféreront manger un jambon sous blister, fait de résidus animaux et succédanés chimiques, plutôt qu'un rognon frais. L'essentiel est de jeter un voile pudique sur l'identité du produit, sur sa réelle présence. Le dégoût des abats est un déni de mort, un rejet de finitude. Comme si l'on refusait au mets son identité, comme si l'on ne voulait pas admettre qu'avant il vivait. Pourtant, comme les nôtres, cette langue léchait, ce pied gambadait, ces intestins stockaient. Et alors ? Une partie de jambes en l'air est-elle plus ragoûtante ? Un soda étasunien meilleur pour la santé ? Sûrement pas, mais les ennemis des abats luttent contre une idée, une vision, rarement un goût. D'aucuns brocarderont la mâche résistante, caoutchouteuse de certains produits ; mais ce sont souvent les mêmes qui pratiquent le chewing-gum, le bulot ou la bavette. Il n'est qu'à faire le test à l'aveugle : dissocié de sa nature, un produit devient un plat et son idée se réduit à une saveur. Ainsi peuvent avoir lieu des conversions et parfois même des mea-culpa.

Dans un menu de restaurant, je vérifie toujours la présence tripière. Elle est pour moi gage de qualité et d'ouverture. Un rognon ou un foie de veau peuvent, à eux seuls, sauver une carte. Et lorsque je découvre – miraculeusement ! – un cœur de veau en matelote ou un pressé de langue de mouton, je sais que je n'ai pas perdu ma journée.

Ma mémoire tripière est riche en images. J'ai souvenir de ces intestins de chevreau simplement grillés et arrosés de jus de citron, dans une parrillada des faubourgs de Buenos Aires, au milieu des années quatre-vingt-dix. Je me rappelle aussi ce prodigieux déjeuner hippophagique au Taxi jaune, bistro du Haut-Marais, qui faisait ce jour-là la part belle aux abats de chevaux. Se réunissait l'Académie des abats (j'y reviendrai) et nous nous régalions de tripailles équestres. Un menu de haute volée : chips à la graisse équine (si légères !) ; beignet de cervelle de cheval ; et surtout ce miraculeux cœur de poulain, dont la simple idée fera hennir les amis de l'étrier, mais qui était doux comme une caresse : une viande fine, subtile, à mi-chemin entre le magret, le filet de bœuf et le chevreuil.

Las, chanter les abats est souvent parler au passé. N'étaient les repas de la vibrante académie, il est de plus en plus difficile de trouver des tables qui sachent rassasier ce travers. Je porterai longtemps le deuil du restaurant Ribouldingue, qui fut dix ans durant une Mecque tripière. Sous l'égide de Nadège, taulière autoritaire, joviale et mafflue, ce bistro de la Maube faisait face à l'église Saint-Julien-le-Pauvre et au plus vieil arbre de Paris : le fameux robinier planté en 1602. Comme s'il y avait une évidence à dévorer ces plats de l'ancien monde en souriant au doyen de nos végétaux. Combien de repas secrets, presque honteux, ai-je pris dans ce petit boyau du 5e arrondissement ? Parmi ceux-ci, je garde un souvenir particulier d'un groin de porc posé sur un lit de lentilles, partagé un jour d'hiver avec Michel Charasse. Rémanence vichyste : la gauche caviar a le goût des plats qui ne mentent pas. Et que dire de cet extraordinaire déjeuner d'abats de poisson, chez Michel Rostang, dans le 17e arrondissement ? Après avoir dégusté une vessie de lotte, accueillir dans son assiette une simple tête de cabillaud (comme le camarade Palloy célébrait la décollation de Louis XVI) dont on grattouille la moindre crevasse (la joue est un miel !) est un sourire aux anges.

Je dois confesser mes limites. J'évoquais plus haut le lien ténu (et gourmand) entre l'organe, le produit et le mets. Le rein devient rognon puis fricassée ; le cerveau, cervelle puis beignet. Sans doute ma nature mâle se raidit-elle lorsqu'il est question de virilité. Je ne sais si c'est l'idée même des animelles, ou leur texture, mais elles me dérangent. Leur goût n'est pas bien puissant et, comme les escargots, se limite souvent aux talents d'une persillade. Mes amis uranistes moquent ce dégoût (d'aucuns y lisent un refoulement, voire un vice caché), mais j'ai du mal à manger des testicules. Il me souvient pourtant d'une flamboyante aurore d'automne, en novembre 2005, au pavillon de la triperie de Rungis, pour le lancement dès potron-minet d'un livre de recettes testiculaires. J'avais dû noyer chaque bouchée dans le vin blanc (il était 6 heures du matin !) pour escamoter leur saveur. L'origine de mon aversion remonte certainement à cette même parrillada argentine, où me fut servi un testicule de mouton quasi cru. Lorsque je le tranchai en deux, tel un petit melon, une liqueur visqueuse et lactescente se répandit dans l'assiette. Cela suffit pour me rebuter. J'ai à l'évidence manqué de courage, d'audace, mais j'avoue ma défaite. Devant la couille, le gourmand s'esquive.

# Champagne

Tout Achille a son talon. Un gourmand qui se veut gastronome devrait pouvoir tout goûter, savoir tout apprécier. Mais le goût n'est pas une science exacte et parfois s'y mêlent des souvenirs, des refoulements, des hantises, sans rapport avec la nature même du mets. Ainsi, je n'aime pas le champagne. Il ne s'agit pas d'une aversion, car j'en bois sans problème pour ne pas gêner mes hôtes, mais ce vin ne me procure aucune joie. Il n'est pas déplaisant, il est neutre. Je puis distinguer ce que l'on considérera comme un « bon » champagne, à la bulle fine, la robe élégante, mais il ne me fera guère plus d'effet qu'un bête mousseux. Je prendrai toujours plus de plaisir aux raffinements d'un cidre (boisson admirable, d'une grande variété, qui possède l'âcreté de la bière sans sa vulgarité) ou d'un poiré. Peut-être mon indifférence au champagne est-elle due à sa fonction même : le vin de la fête. Je n'aime pas le champagne, comme je renâcle devant toute célébration régulière et obligatoire : les anniversaires, les mariages, les réveillons. Le champagne n'arrose pas, il célèbre, marque le coup. Il a besoin d'une occasion, d'un prétexte. Il se mérite et c'est sans doute ce qui me laisse froid. Un vin devrait se suffire à lui-même. Mais le champagne est devenu un concept en soi, un marqueur. Il est synonyme de joie comme la cravate est synonyme de sérieux. Il est signifiant quand il ne devrait qu'être savoureux. Or je bois du vin, pas du sens.

# Dépucelage

Je préparais mon coup depuis longtemps ; il fallait juste une occasion… Tous les jours, chaque « division » de ma pension recevait la presse. Établissement catholique s'il en fut, le collège de Juilly faisait la part belle au *Figaro*. Ne m'intéressait que le supplément du mercredi, sans savoir qu'un jour j'y écrirais : *Le Figaroscope*. Passionné d'opéra, j'y dévorais les articles sur les sorties du jour et les productions en cours des scènes lyriques parisiennes. Pour tromper les longues soirées d'étude, je lisais également les autres rubriques du « city-guide », avec les photos de ces soirées mondaines prises – déjà ! – par l'inoxydable Foc Kan. C'est à cette époque que, sans vraiment savoir pourquoi, je commençai à rêver aux grandes tables étoilées. Était-ce en réaction aux brouets infects que nous servaient nos cantinières ?

Les saucisses cuites d'un seul côté, les jattes de pommes de terre Lunor, la choucroute froide, les steaks en bois et ces soupes étranges, si liquides et pourtant si âcres, avaient-ils besoin d'une échappatoire, comme le Bédouin en dunes songe à l'oasis ?

Régulièrement, *Le Figaroscope* proposait des dossiers sur les menus du déjeuner des grandes tables parisiennes. Certains me semblaient prohibitifs, d'autres étrangement bon marché. Sitôt l'extinction des feux, dans mon petit lit de métal, entouré de mes sept comparses, je bâtissais des châteaux en Espagne. Tandis que le lit de gauche s'astiquait et que celui de droite faisait des « projections de bite » (un charmant jeu d'ombres chinoises), je m'improvisais Perrette et songeais aux réjouissances du pot-au-lait.

Restait à trouver l'occasion…

Si je n'avais aucun mal à aller seul à l'opéra, dès l'âge de quinze ans, jamais je n'aurais eu le cran de pousser la porte d'une table étoilée pour déjeuner sans vis-à-vis. De plus, ne pouvant proposer à un ami de m'accompagner pour un si coûteux projet, il me faudrait jouer les amphitryons. Certes, mais quand ? et en quel honneur ?

L'occasion se présenta en mars 1991. Avec une bande de joyeux pensionnaires de seconde, nous avions monté une troupe de théâtre. L'idée était née sur un coup de tête, presque comme une boutade. Olivier Balazuc (depuis devenu comédien, romancier, dramaturge, metteur en scène, entre autres qualités), François de Labarre (journaliste à *Paris Match* depuis vingt ans) et moi trouvions cocasse de passer entre les gouttes de la discipline oratorienne en montant la pièce de Harold Pinter, *Hot House*. Je connaissais l'auteur de nom, pas l'œuvre ; avec le recul, je pense même que je n'y compris pas grand-chose. Cette fable absurde sur le personnel soignant d'un hôpital psychiatrique passait au-delà de mes préoccupations du moment ; mais Olivier pensait plus loin, plus fort, et nous lui faisions confiance. Nous réunîmes ainsi une petite bande autour de ce projet, qui tourna vite à la conspiration. Olivier avait entendu parler d'un festival de théâtre lycéen qui devait se tenir à Thonon-les-Bains, durant les vacances de Pâques. « Et si on se portait candidats ? »

L'idée nous sembla folle mais excitante. Pour ma part, je la trouvai bien ambitieuse, mais j'y vis l'occasion d'un petit défi avec moi-même.

Je pris Olivier à part et lui lançai : « Si on est choisis pour Thonon-les-Bains, je t'invite à déjeuner dans un *très* bon restaurant. »

Pour mon camarade, le pari était confortable, car sans contrepartie. Je me retrouvais moi-même gagnant des deux côtés : pile, nous faisions un gueuleton et virions comédiens ; face, je m'épargnais le calvaire de la scène et des loufiats.

Épreuve étrange, il nous fallut d'abord jouer la pièce devant les « sélectionneurs » du festival : deux femmes qui restèrent de marbre durant tout le spectacle. Croyez bien que saluer face à quatre mains qui applaudissent mollement est une école d'humilité.

Sans doute nos censeures étaient-elles pudiques, car leur réponse ne tarda guère. « On est sélectionnés ! » nous annonça Olivier.

Pour moi, c'était le saut dans le vide. Mais je ne comptais pas me carapater. Voilà quelque temps que j'avais découpé dans *Le Figaroscope* les notules sur ces fameux « menus affaires » et mon choix s'était porté sur Lucas Carton. La célèbre table d'Alain Senderens était alors le phare gourmand de la capitale, cumulant trois étoiles au Michelin et 19,5/20 au Gault & Millau. Surtout, le menu du déjeuner était à 350 francs, somme qui me semblait raisonnable. Me voilà donc qui trouve un prétexte fallacieux pour aller retirer 700 francs à la Caisse d'épargne de Senlis. Autre défi : la réservation. Ma voix de crécelle ferait mauvais effet et risquerait de passer pour un canular. Olivier joua donc les Fregoli et appela en se faisant passer pour ma mère qui réservait pour mon anniversaire (fictif). Rendez-vous fut donc pris quelques semaines plus tard, en pleines vacances de Pâques, à une heure de l'après-midi.

Je dois dire que je n'en menais pas large. Une fois devant l'austère porte en demi-lune de la place de la Madeleine, je sentis ma timidité remonter à grands pas, mais il était trop tard pour reculer. Olivier et moi avions seize ans mais faisions encore très enfants, et il fallut voir la bobine du serveur puis des convives, lorsque nous traversâmes la longue salle pour gagner cette petite table en vis-à-vis, tout au fond. Au vrai, j'ai peu de souvenir du repas en soi, de nos voisins, de l'atmosphère générale. Je me rappelle des faciès essentiellement asiatiques (Senderens était au faîte de sa gloire, et la nouvelle cuisine abordait son déclin) et quelques silhouettes cravatées. J'étais si étonné d'être là, d'avoir été au bout de mon fantasme, que la saveur même du repas se noie dans une stupeur générale. Étaient-ils bons, ces raviolis de pétoncle, ce ris de veau au jus de carotte, cette crème brûlée, le tout arrosé de Badoit (je n'ai pas bu une goutte de vin avant dix-huit ans) ? Sans doute, mais je crois que je m'en moquais. Je voulais juste que tout s'enchaîne sans anicroche, comme un romancier oublie l'intrigue même de son texte et se concentre sur les coquilles et les répétitions. Au moment de payer, je sortis les billets : le compte était si juste que j'avais oublié le pourboire. Le lendemain, je me faisais ôter les dents de sagesse chez un dentiste de la rue de Rome. Une semaine plus tard, je faisais mes premiers pas sur scène au bord du Léman. J'avais seize ans et j'entrais dans l'âge d'homme.

# Marcel

Il n'est pas une semaine sans qu'on ne déniche une « bonne adresse ». En vingt ans, la gourmandise parisienne a retrouvé des lettres de noblesses fondées sur la créativité et le renouveau. Le sang neuf apporté par la bistronomie a permis de se réapproprier le goût, lequel s'était trop complu dans des tortillages stériles et un funambulisme pseudo-gustatif. Tandis que la malbouffe donnait des coups de boutoir aux chaussées parisiennes, on a vu fleurir mille et un bouclards, et cela ne s'arrête plus.

Le phénomène est d'ailleurs si actif que cette inventivité est parfois devenue un nouvel académisme. Désormais, la moindre petite gargote s'improvise « bistronomique » pour peu qu'on vous fasse déjeuner sans nappe, avec un personnel acide, une désinvolture dans les vins, des menus sur ardoise et des intitulés hermétiques : « la langoustine » ; « le céleri » ; « la pintade » ; « comme un mille-feuilles ». Et débrouille-toi avec ça, coco ! La confiance a priori que l'on porte aux chefs de ces lieux est devenue tendancieuse et les toques virent à l'apprenti sorcier, avec des morgues envahissantes.

Voilà pourquoi je ne chanterai jamais assez ce qui reste, à mon humble avis, le bistro le plus attachant de Paris : Chez Marcel. Au 7 de la rue Stanislas, à l'ombre des grandes brasseries de Montparnasse, se niche une petite merveille de bon (et de savoir) vivre, de chaleur, de goût et d'esprit. Cela faisait longtemps qu'il existait, ce petit bistro de quartier. Mais lorsque Pierre Cheucle l'a repris, voici une décennie, il lui a donné ce qui manque si souvent à ces adresses : une âme. Si l'on vient Chez Marcel, c'est bien sûr pour son carpaccio de cochon, ses « very good tripes », sa quenelle ou son andouillette. Mais c'est aussi pour lui, Pierre : taulier flamboyant, docteur ès apéritifs improbables, grand maître du digestif oublié. À l'heure des adresses surfaites et des talents frelatés, Chez Marcel porte haut l'étendard du beau, du bon et du vrai, comme une pure tranche d'amitié.

# McDo

Oui, je vais chez McDonald's. Assez régulièrement, même. Dois-je m'en excuser, plonger mon front dans la cendre ? Je pourrai toujours arguer (car c'est vrai) que le goût des Chicken McNuggets dans la sauce barbecue est un retour en adolescence. Le petit Senlisien passait ses samedis à Paris, voyait deux ou trois films de suite et s'autorisait une brève pause entre deux séances. Le plus simple : un bon McDo. Mes étés américains m'ont donné le virus du vrai burger, et je sais bien que les produits du clown Ronald n'ont rien à voir, mais je n'y peux rien : je les aime quand même. Appelez cela du vice, une déficience hormonale, une carence affective, une béance, un secret honteux : j'assume pleinement mon goût pour ces mets industriels, avec une préférence pour les fameux Nuggets suivis d'un McFlurry bien coulant. Il est d'ailleurs drôle, dans ce genre d'établissement, de tomber sur des gens de connaissance. Ils n'ont pas forcément l'excuse d'accompagner leurs enfants et vous offrent ce regard complice et honteux des clients d'un même bordel. Ils me rappellent ces journalistes ou écrivains croisés dans la queue de chez Gibert, venus faire commerce de leurs livres dédicacés. D'ailleurs, j'ai toujours défendu McDonald's. En un sens, c'est de la merde qui s'assume, qui ne pète pas plus haut que son cul. Les plats ne s'y drapent pas dans autre chose que ce qu'ils sont. Je lui opposerai l'hypocrisie lactée des odieux Starbucks, qui remplacent si aisément nos cafés (parfois trois échoppes sur deux cent mètres) sous couvert de billevesées écoresponsables et autres conneries éthiques. Le pire étant ces magasins Paul, qui vendent du mensonge comme d'autres vendent du rêve, et font croire aux malheureux touristes qu'ils découvrent ici la quintessence de la boulangerie française. Tout y est toc, depuis le personnel fariné jusqu'aux produits décongelés. À l'inverse, McDo a toujours eu la franchise de son mauvais goût et mérite en cela notre respect.

# Cuisiner

Je cuisine mal. Soyons honnête : je ne cuisine pas. Certains considèrent qu'on ne peut vraiment apprécier la cuisine qu'en la pratiquant, je leur répondrai que Curnonsky était incapable de faire cuire un œuf. Faut-il être romancier pour apprécier la lecture ? Peintre pour arpenter les musées ? Cinéaste pour se payer une toile ? Musicien pour aimer l'opéra ? Je dirais même que l'absence de données techniques permet de se concentrer sur le ressenti immédiat d'une œuvre ou d'un plat. Orson Welles déclarait ne plus pouvoir regarder de film sans entendre le « clap » qui précède chaque plan ; j'ai moi-même grand-peine à lire des romans (du moins récents) sans en voir les coutures. Lorsqu'on goûte en spécialiste, on mange avec le cerveau. L'esprit passe avant le palais et les papilles s'inclinent devant l'expérience, la science.

Entendons-nous bien : les plus grands chefs sont de fieffés gourmands et certains de mes amis gastronomes égalent en savoir-faire de vrais étoilés. Mais n'ont-ils pas perdu une forme d'innocence, une capacité à s'émerveiller, car la surprise est toujours estompée par la mémoire des gestes ? Il n'est pas impossible que je sois de mauvaise foi et que cette entrée ait pour seul but de justifier une paresse aux fourneaux. Durant l'année, je n'ai guère le temps de cuisiner. Je partage ma vie avec une jeune femme pour qui la cuisine est une respiration naturelle. Pendant l'été, je m'aventure plus volontiers vers les casseroles, mais avec timidité. Mes enfants sont les seuls à en bénéficier et vous diront que je leur fais la cuisine. Nuance : je les nourris. C'est toute la différence entre « faire la cuisine » et « faire la bouffe ». Nous passons un mois ensemble tous les étés et, il est vrai, je prépare l'intégralité des repas. Mais c'est là moins par recherche gustative que par besoin de contrôle, comme si je rechignais à laisser quiconque s'aventurer dans une cuisine que j'aime savoir rangée, ordonnée, répondant à cette psychorigidité nécessaire à la bonne marche de mon inspiration quotidienne. Laisser mes poêles à un autre, c'est prendre le risque du désordre, donc de la page blanche. Et ça, ça me coupe vraiment l'appétit.

# Nèfles

Les jeunes aiment à défier leurs anciens. La barbe en est l'exemple : une génération la porte, la suivante la brocarde. On était barbu sous Fallières, glabre sous Daladier ; aux pileuses années septante ont suivi les imberbes années Mitterrand. Puis la bobitude rampante, la hipstérisation des sociétés occidentales et une certaine paresse (dans mon cas) ont vu les poils revenir en force. En serait-il de même pour les aliments ? Disons que certains brillent d'une aura si noire qu'on les aurait voulus cachés au grenier de la mémoire. Lorsque nos parents ou grands-parents qui ont connu l'occupation allemande ont vu revenir sur les menus ces légumes rebaptisés « oubliés », ils en furent frappés. « On a bouffé ça pendant quatre ans et vous voulez qu'on en remange ? Vous voulez aussi qu'on écoute Radio-Paris et qu'on aille voir les expos du palais Berlitz ? »

Crosnes, rutabagas, scorsonères et (surtout) topinambours ont scandé le quotidien des années noires, tandis que l'occupant dévorait nos frites, vidait nos caves, butinait nos femmes. Certains aliments sont trop liés à une époque pour que leur saveur estompe les souvenirs. Ils sont les victimes collatérales d'une mémoire douloureuse, et seule l'amnésie leur rendrait une virginité gustative (j'ai – pour ma part – été à jamais dégoûté du couscous par celui qu'on nous servait en pension).

Et puis, franchement, cette omniprésence des légumes oubliés est bien irritante. Lorsqu'une tendance devient une mode, puis un tic, la créativité vire au procédé et le convive s'ennuie.

Pour moi les oublis alimentaires relèvent de la sélection naturelle : certains aliments ont fait leur temps. On ne mange plus de vulve de truie et nul ne s'en offusque : l'archéologie culinaire est une discipline, pas un menu.

S'il est de sains oublis, je sais en revanche des aliments méconnus ou boudés. Des produits anciens, qui suivent leur petit bonhomme de chemin, comme s'ils n'avaient pas besoin de nous ; ils n'attirent pas la lumière et refusent toute séduction facile : ainsi de la nèfle.

Je parle ici de la nèfle du Japon, aussi appelée bibasse, que l'on retrouve sur les étals des primeurs au joli mai. Fruit méditerranéen s'il en est, il pousse aux bords de la grande bleue et compte parmi les trésors des vergers maugrabins. J'ai fait mes premiers pas dans une propriété niçoise riche en néfliers et cette saveur est associée à certains de mes plus anciennes sensations : des souvenirs de lumière, de chaleur, de sieste, où les bleus du ciel et de la mer étaient sans frontière. Plus que la fraise, la cerise ou les premiers melons, la nèfle symbolise le printemps. Ce mélange de douceur et d'acidité, de duvet et de virulence, incarne toute la fragilité des longues soirées de juin, où tout semble possible, car la lumière est au bout du tunnel. Les nèfles sont un avant-goût des vacances, comme ces odeurs d'embruns, ces touffeurs d'herbe chaude, qui remontent en mémoire lorsque l'on songe à l'été qui pointe. La nèfle annoncerait presque ce dérèglement des sens, que l'on sent bourgeonner dans l'air lorsque les jours s'étirent, que les jambes se dénudent, que les passants ont le regard qui flotte, moins affairé, plus apaisé, ouverts à la gourmandise. Je vais sans doute bien loin dans la suggestion, mais j'associe son apparition à tout ce que le renouveau peut symboliser de promesses et de joies secrètes. Et puis il y a la fragilité même de ce fruit, qui dure si peu, s'abîme si vite (souvent, sa peau jaune se mouchète de picots, lorsqu'elle n'est pas couverte d'hématomes, comme si on l'avait giflé). La nèfle se fane trop vite, vieillit trop tôt, car elle ne fait que passer chez nos primeurs. La nèfle est un coup de vent, une apparition. Elle est ce jour qu'il faut cueillir avant qu'il ne vire à la nuit. Elle est un secret qui entend le rester.

# Tonton

Les gens me demandent parfois pourquoi je ne suis pas critique gastronomique. Comme je passe mon temps au restaurant et que je travaille dans une presse qui célèbre les bonnes choses, cela aurait sans doute pu se faire. Si ce n'est que j'en serais incapable. J'aime trop les restaurants pour cela. Jamais je n'aurais la partialité, l'ouverture ni même la curiosité des vrais critiques. Au mieux, je serais comme ces recenseurs à la mode vieille, dont la bedaine va d'une table à l'autre, où ils sont reconnus, choyés et célébrés : c'est-à dire l'inverse de ce métier.

Pour avoir observé mon ami François Simon (que j'appelle affectueusement tonton), je sais combien la mission est délicate, subtile, toute en demi-teinte. Il ne s'agit pas d'être gourmand mais esthète. C'est une attitude générale, pas une dévoration. Il faut savoir picorer, museler son appétit. Cette école de la retenue, presque de la frustration, François Simon en a fait un art, une ligne de vie. Avec lui, la critique gastronomique est devenue un genre poétique, quittant la plate chronique gourmande ou mondaine, tout comme elle s'était arrachée des carcans de la critique engagée, qui avait suivi l'arrivée de la nouvelle cuisine.

Toute la nouvelle génération des chroniqueurs gastronomiques est, de près ou de loin, sortie de sa cuisse légère. Le secret de François Simon ? La nourriture lui importe peu : il aime les moments, les épiphanies, la magie de l'instant. Et il les happe avec gourmandise, car c'est là que – pour lui – se nichent les joies du goût. Il n'est pas un amoureux de la table, il est un jouisseur global, qui prend autant de plaisir aux saveurs d'une truffe qu'à la vue d'un arbre, au printemps, dans une cour secrète. Surtout, il est un esprit libre, affranchi des périlleux esclavages que sa profession peut générer. Combien des critiques deviennent les stakhanovistes de leur propre copinage, soucieux de plaire à tous, surtout à ceux qui le leur rendent bien ? Sans doute aurais-je précisément versé dans ce travers si je m'étais lancé là-dedans. J'ai des tenues voyantes et n'aime pas faire de la peine.

J'aurais fini par me contenter de louanges insincères, pour faire plaisir aux copains, et j'en aurais perdu toute gourmandise.

# Jargon

Chaque corporation possède sa langue, son jargon, parfois son argot : ainsi de l'idiome des restaurants… Non point le langage technique des brigades entre elles ; non plus les onomatopées pressées du garçon de café ; encore moins la familiarité vacharde des bistrotiers. J'entends ici ce parler fleuri, ouvragé, chantourné, précieux, quand il n'est pas tout bonnement hermétique, qu'emploient les serveurs lorsqu'ils s'adressent au client. Comme si la promesse d'un bon (et souvent coûteux) repas ne saurait aller sans une cautèle langagière, qui rivalise de gongorismes, et possède à la longue ses figures de style, sa syntaxe, sa grammaire.

Il y a tout d'abord le souhait ; ici, tout doit être « bon » : la « dégustation », l'« appétit », jusqu'à la « fin » de celui-ci.

Ensuite, il y a l'emploi étrange du gérondif, comme si le serveur s'insérait dans une conversation en cours : « En vous souhaitant une bonne fin d'appétit. »

Le possessif est très présent (le curry et « son » chutney), tout comme l'hypocoristique (le « petit café », le « petit dessert »).

Il y a également cette idée de voyage, pour ne pas dire d'épopée. Dans un gastro, soit on se déplace, soit on survole. Il s'agit toujours de « partir » vers un produit, comme si le consommateur était en route vers son assiette, et non l'inverse. De même, on ne cesse d'être « sur » : « on va partir sur du cépage mourvèdre », « le chef vous emmène sur une harmonie terre-mer » ; on est sur le fruit, sur le produit, sur des notes d'agrumes…

Arrive enfin en se dandinant la joyeuse kyrielle des « -ités ». Le suffixe le plus sot de la langue française (auquel on doit les aberrantes « dangerosité » d'un sentier, « pénibilité » d'une tâche et autres « jouabilité » d'un terrain de foot) a désormais contaminé la gourmandise. Bienvenue à la « jutosité » d'une viande, la « sucrosité » d'un fruit ou la « buvabilité » d'un vin.

Si après ça vous avez encore faim, c'est que le restaurant mérite ses étoiles.

# Boucherie

Certains lieux sont des sanctuaires. Ce peut-être une église, un jardin, une clairière. Ils ont une dimension mystique et cartographient notre intimité. Ils obéissent à des rituels et leurs occupants ont un rôle sacerdotal. Chacun en possède sa propre liste, mouvante au fil des ans, qui offre une vue en coupe de notre inconscient et de nos souvenirs : comme une « carte-mère ». Dans mon cas, la boucherie Fabrès occupe une place de choix.

Sise 14 place Foirail à Lavaur, dans le Tarn, elle fut le premier athanor de mes joies bidochardes. Si j'ai « appris » la viande dans la défunte boucherie Gourdin, rue du Châtel, à Senlis, c'est incontestablement chez Fabrès que j'en ai saisi l'essence. Rien de bien particulier que cette boutique sans esbroufe, en retrait d'une avenue qui ceinture la vieille cité cathare. Mais quand mon père reprit dans cette région une maison de famille, à la fin des années quatre-vingt, Fabrès devint l'étape nécessaire de mes séjours tarnais. Lorsqu'il venait me chercher au volant de son break Volvo, à la sortie de l'aéroport de Blagnac, dès le premier coup de volant, le paternel m'annonçait : « Bon, j'ai pris de la hampe, une roue d'entrecôte, des ris d'agneaux, du pâté de tête, du pâté de campagne, une saucisse de foie et quelques saucissons. On devrait tenir ! »

Allergique aux pléonasmes, mon père ne précisait pas que tout venait de chez Fabrès.

Lorsqu'il n'avait pas eu le temps d'y passer, cette visite était la première que nous fissions, sitôt posée ma valise. « Oh, mais on est venu avé le petit ! » grasseyait Mme Fabrès, pour qui je n'étais qu'une extension de la silhouette paternelle.

Personnage haut en couleur, à mi-chemin entre une nymphe à la Dubout et Mme Bérurier, on l'imaginait volontiers voisine de camping de Pierre Tornade dans *Dupont Lajoie*. Grande, charpentée, toujours attifée, le cheveu court auburn qui virait au coq-de-roche, elle reluquait ses mâles clients avec la même gourmandise qu'elle pesait une bavette. Il y avait une tension charnelle chez cette accorte bouchère, dont les formes obéissaient à des canons surannés. Renoir ou Rubens eussent goûté ses contours ; quant à son caractère, son aplomb, ils auraient eu leur place dans *L'Assommoir* ou *Le Ventre de Paris*. Elle était une matrone ; la pierre d'angle sur laquelle reposait l'édifice, entre le charme commerçant et la cautèle viandarde. Pierre Fabrès, époux et enseigne éponyme, gardait la coulisse. Avec ses airs de catcheur en tablier, il ne disait mot mais décrochait, coupait, hachait, dénervait, ciselait, affectant l'œil bridé du magot qui fait ses comptes. Était enfin leur fils, copie conforme du père, qui comme lui possédait déjà les stigmates de son métier : des mains écourtées. Telles les cicatrices que les pêcheurs de requin sont fiers d'exhiber (et comme les blessures sans lesquelles on ne saurait revenir du front), chaque phalange absente est une médaille en plus : au gré d'un jambon, la trancheuse avait frappé.

Voici donc la sainte famille Fabrès, qui régnait sans partage sur la gourmandise vauréennc. D'aucuns voyaient d'un œil irrité qu'on aille acheter sa viande dans la boucherie la plus chère de la ville, mais c'est le prix du talent, et celui des Fabrès était éclatant. Rarement j'ai mangé bœuf plus goûteux, admirablement persillé, maturé à perfection. C'est bien simple : leur blonde d'Aquitaine tutoie les anges et – n'étaient les couteaux stars, qui demandent de contracter un emprunt lorsqu'on veut un train de côte – je ne sache pas de boucherie parisienne qui propose de semblables merveilles.

Trente ans ont passé et Fabrès règne toujours en maître. Mme Fabrès s'en est allée au paradis boucher, bientôt suivie par son époux, et leur fils a repris la boutique, avec le même talent. Il y a chez lui une permanence gourmande qui force le respect. Les saucissons sont toujours aussi savoureux (très secs, peu gras, car on y met le jambon), leurs saucisses de foie font la joie de mes enfants (elles ont l'ébène des plus beaux coprolithes), leur fromage de tête surclasse mille vedettes parisiennes et leur pâté de campagne est une plongée hors du temps : il possède une saveur ancestrale et semble tiré d'un épisode de *Jacquou le Croquant* ; on y trouve un goût de chemin pierreux, de foin coupé, de vallon et d'étable.

Reste la viande… Comme la belle de Julio, elle est inchangée. Toujours aussi allègre, juteuse, aguichante. Mon père ne saurait faire un séjour dans ses terres sans me remonter une armada de « bons produits » que je stocke dans mon congélateur. Sous les tristes plats Picard et autres bouteilles de chartreuse se niche toujours une roue d'entrecôte, qui attend ses élus. Je me fais d'ailleurs un malin plaisir de la décongeler longtemps à l'avance, afin d'en parachever la maturation. La viande est devenue brune et son fumet ne tolère pas les papilles mornes. Je la cuis sur la braise, dans ma cheminée, mais la fais humer à mes convives avant de l'immoler. S'ils se reculent, inquiets, mon opinion est faite : aux innocents le ventre vide. Mais lorsqu'un ami, après l'avoir inhalée, se relève et me dit d'un œil alerte « ça sent le zizi ! », je sais qu'il est digne du balthazar. Du Fabrès, ça se mérite.

# Apéritifs

Apéritif: mot hideux. Cette «aperture» est trop médicale, inutilement carnée. Bien laide est l'idée qu'on ouvre l'appétit comme on écarte des chairs. L'apocope qui en découle est encore plus moche: le mot «apéro» m'a toujours fait grimacer. «Tu viens pour l'apéro?» «On est chaud pour l'apéro?» «Tu fais quoi pour l'apéro?» Comment associer ces trois syllabes abruptes, sans charmes, à ce moment où le jour se fait nuit, où le repas se mitonne, où les caquelons mijotent. Cette heure exquise où le vent fraîchit, où l'on sent l'appel des papilles, à qui l'on va offrir une goulée de saveurs en préliminaires d'un gueuleton.

La France a la culture du «petit verre» avant de passer à table. Le saucisson est sur la planche, on fourbit ses zakouskis, et l'on médite à quelle douceur pourrait agrémenter la chose. À l'inévitable coup de blanc proposé, par manque d'imagination, je préfère les armoires aux délices; ils sont de plus en plus rares les collectionneurs d'apéritifs, car la mode en est passée. Mais lorsqu'on me propose une volière de noms d'oiseaux pour me sucrer la bouche avant le sérieux, je suis toujours émoustillé. Les pineaux, les muscats, les Lillet, les vermouths et autres vins cuits de toutes sortes ont un charme très rustique, comme si l'on mangeait des bonbons avant le repas. Mon ami Poupouniou salue ses origines catalanes en sirotant du Byrrh. J'avoue pour ma part un goût presque coupable pour un apéritif ressuscité de l'âge d'or (l'avant-guerre) : le Duhomard. Découvert grâce à Pierre Cheucle, il est un vin doux aromatisé de quinquina. L'entreprise fut fondée dans le Poitou, en 1926, puis s'endormit longtemps avant de renaître de ses cendres. Il en résulte une exquise mixture, suave et vivifiante, petit clin d'œil aux années folles, aux bals populaires et à l'esprit guinguette. Tout à coup, *La Belle Équipe* est en couleurs et le musette a remplacé la muzak ou les tam-tam. Un voyage dans le temps.

# Lipp

Certains lieux sont des antidotes à la mode, des vaccins contre la tendance. Ils avancent, placides comme des mariniers, sur les canaux du temps qui passe, avec la morgue un rien bonasse des êtres fiers de ne pas changer. Ils semblent inaltérables, sans que cette permanence soit artificielle. Nés vieux, ils échappent aux coups de l'âge et n'en paraissent que plus jeunes, comme Benjamin Button. La Brasserie Lipp n'a rien d'un héros fitzgéraldien, mais elle est de ces rares lieux parisiens qui n'ont pas bougé d'un poil. Ses amis la chérissent, ses détracteurs s'en méfient ; les premiers lui passent tous ses défauts, les seconds moquent son snobisme, sa poussière et sa cuisine ronronnante. Mais lorsqu'ils passent ses célèbres portes à tambour, tous ressentent ce bref frisson de pénétrer un sanctuaire, un lieu à part. Qui est là aujourd'hui ? Qui sera assis où ? Qui dois-je saluer ? Qui dois-je éviter ? Qui dois-je reconnaître ? Qui me reconnaîtra ? Ici, le petit théâtre parisien bat son plein, soumis à des codes qui n'ont lieu d'être que dans ces trois grandes salles du boulevard Saint-Germain. Des codes qui sont les mêmes depuis un siècle et rappellent les premières d'opéra dans les romans du XIXe siècle, où les gens scrutent moins la scène que leurs voisins. Lipp n'est pas un restaurant mais un spectacle en soi. Comme tous les théâtres, il y est des représentations grandioses, d'autres piteuses, mais on n'y perd jamais son temps. Et puis, qu'on cesse donc de brocarder une carte tout à fait honorable, dont les gens parlent avec mépris généralement sans y avoir goûté. La choucroute est constante, l'andouillette valeureuse, l'œuf en gelée aimablement mollet, le pied de porc désossé carrément très bon et la tête de veau du vendredi fort généreuse.

Comme tout sanctuaire, Lipp est une maison de rituels. J'y conduis mes fils le jour où leur année verse (lumière sur leurs bouilles enfantines, lorsque nous entrons dans la salle, car ils attendent ce moment depuis trois cent soixante-quatre jours...) et j'y dîne chaque 24 décembre avec mon père, en tête à tête. Une veille de Noël chez Lipp mériterait en soi un reportage dans feu l'émission *Strip-tease*. On y trouve une faune parfaitement hétérogène, faite de vieilles gloires esseulées, de couples mutiques, de touristes arrivés par hasard, de familles venues en grappe ; il règne une sorte de sidération générale, l'œil y est rond comme dans une assemblée de hulottes. L'ambiance est presque au canular, comme si dîner là un tel soir était une farce que l'on se faisait à soi-même. D'autant que la maison s'enorgueillit (à raison !) de ne pas changer sa carte pour l'occasion. Exit les dindes soporifiques, les foies gras trop cuits, le caviar ranci ; exit le champagne tiède, les regards soupçonneux, les cousins indésirables, les rancœurs familiales, les cadeaux insincères ; exit le grand ennui coupable d'une tradition qui, dépourvue de toute âme, n'est plus qu'un réflexe, une corvée. Lipp est un monde parallèle, un accélérateur temporel, où, comme dans la nouvelle de Marcel Aymé, on saute un jour. On y entre le 24 décembre, on en sort le 26. Difficile d'imaginer plus joli cadeau.

Enfin, Lipp c'est une brigade admirable, plus réglée que du Balanchine, plus alerte qu'un escadron, plus élégante qu'une harde, plus efficace qu'une montre suisse. À l'opposé des pimbêches hautaines de l'empire Costes, qui sont d'incompétentes mannequins à plateaux, voici une société mâle, parfaitement burnée, d'une homogénéité militaire. Sa hiérarchie affecte la discipline d'un pays en guerre. Pendant trente ans, le général en chef fut l'admirable Claude Guittard, œil de lynx et moustache d'Hercule Poirot, grand chambellan des subtilités parisiennes, qui distribuait les places comme d'autres les bons points. Un orchestre n'est rien sans son chef et il a su donner le *la* de Lipp avec une constance, un humour, une facétie, une lucidité (et parfois une férocité) à nul autre pareils. Il va passer la main mais, du haut de sa choppe mousseuse, Lipp survit à toutes les tempêtes.

# Haribo

J'ai toujours goûté l'expression anglaise « *guilty pleasures* ». Elle est ludique, taquine, presque musicale. Bien plus joyeuse que sa lourde traduction française, « plaisirs coupables », qui sent le confessionnal et ses remugles de vieux slip. Le poids de la faute semble adouci en anglais, comme un appel à sauter le mur pour voir ce que cache un jardin secret. Parmi ces *pleasures*, je dois citer les pommes noisettes Findus, les lobster rolls, les œufs Bénédicte, toutes sortes de pâtisseries industrielles, mais je sais bien qu'au cœur de cet éden se trouvent les Haribo…

Comme pour la plupart des gens de ma génération (ceux qui frôlent le demi-siècle), ces bonbons furent constitutifs de ma (dé)formation gourmande. Qu'on les aime ou les conspue, ils sont là et on ne peut les éviter. Tous les parents se sont retrouvés face au dilemme hemingwayen : en avoir ou pas. Sont-ils raisonnables ou superflus ? Peut-on les proscrire ou les tolérer ? C'est ici que réside ce charme maléfique qui toujours fut celui des friandises. Mes aïeux butinaient des cotignacs et des négus ; mes parents croquaient des mistrals gagnants et léchaient des roudoudous ; j'ai grandi parmi les tagadas, chamallows, crocodiles et bien sûr l'incontournable petit ours gélifié qui a fait la fortune de monsieur Hans Riegel, à Bonn (HaRiBo...).

Les images de mes douze premières années sont indissociables d'une flopée de souvenirs, où mes papilles s'ourlent de joies sucrées. Combien de fois ai-je (veulement) fouillé le blouson de cuir de ma mère, qui sentait la selle et le crottin, en quête de ce graal oublié qu'étaient les pièces de 10 francs ? Lorsque la pêche était morne, je tombais sur des morceaux de sucre destinés à des chevaux. Les jours fastes, les stries de Georges Mathieu passaient d'une poche à l'autre et, juché sur mon vélo de cross, je filais à la boulangerie de la place Henri IV, à Senlis, avec le front méfiant d'un conspirateur.

« Nicolas ! Dix francs de bonbons ? »

Mme Carbonneaux me prenait de court, mais je devais m'en faire une alliée. Pendant des années, elle a gardé le secret, ne pipant mot lorsque – parfois une heure plus tard – je revenais dans la même échoppe, ma main dans celle de ma mère. Jamais un sous-entendu, lorsque maman me proposait généreusement un franc de frites. Comment lui dire que, pas plus tard que ce matin, j'étais juché devant le même étal, désignant un à un les cocas, les bananes, les œufs au plat, ou encore ces énormes souris gélifiées, à un franc pièce, qui avaient la texture d'un foie cru ? Le petit sachet blanc en poche (vite percé par le trop plein de bonbons), je filais me planquer de l'autre côté de la ville, sur un joli petit pont qui enjambait la Nonette, au pied des remparts de Senlis, pour dévorer mon trésor. Jamais il ne me serait venu à l'idée de partager mon butin. Comme un livre ou une série télévisée, les Haribo sont des joies égoïstes. Inviter quelqu'un à mon festin revient à proposer de lire par-dessus mon épaule : cela gâte tout plaisir. Les Haribo ne supportent pas la foule : ils sont un plaisir onaniste. Nulle partouze, chez les tagadas !

Aujourd'hui encore, si vous pénétrez dans ma cuisine, vous en trouverez. Je pousse même le vice jusqu'à les ranger au congélateur. Non pour les cacher, mais pour m'y briser les molaires, car je les aime roides et glacés. Comme s'il devait y avoir une part de souffrance ; comme si je devais (malgré tout) expier ces plaisirs coupables. Ma fausseté est encore plus grande vis-à-vis de mes enfants : j'ai toujours pour eux un paquet de schtroumpfs, dont je leur autorise deux exemplaires après le dîner et avant le Colgate. Ô hypocrisie ! Dès qu'ils sont couchés, je m'en empiffre, vidant leur réserve sans la moindre vergogne.

D'où vient donc cet appel au vice ?

Prises à plat, froidement, ces friandises ne sont que d'abominables résidus de graisses animales que des usines mystérieuses transforment en opium gustatif, comme dans *Soleil vert*. Tous les parents du monde ont condamné leur consommation, avec cette rigueur hypocrite réservée aux oukases insincères. Combien d'enfants ont ensuite retrouvé les paquets confisqués dans la table de nuit parentale, à côté des films licencieux et des olisbos ? Comme si les adultes refoulaient des joies qu'admet encore l'âge tendre. Comme si ces bonbons n'étaient pas raisonnables, pas sérieux, pas corrects. Comme s'il devait y avoir un âge bascule, une puberté gustative, où l'on découvre que la tagada est lépreuse. Est-il comparable au jour où l'adolescent épure la chambre de ses scories enfantines, jette ses vieux *Picsou*, exige une couette sans motifs, arrache ses affiches surannées ? Les idoles passent et bientôt l'adulte élaguera toute fantaisie, fier d'exhiber une literie de choix, des tableaux sans charme et des murs ternes. La tagada est bien plus qu'une gourmandise, elle est une part d'enfance, une boîte au trésor, un inconscient collectif. Si le petit Marcel était né en 1974, sa madeleine aurait été rouge, friable et trempée dans du Banga. À chacun son temps perdu.

# Moissonnier

Voici quelques années, dans une complète indifférence, disparaissait l'une des tables les plus attachantes de Paris : la maison Moissonnier. Sis au 28 rue des Fossés-Saint-Bernard, cet historique bouchon lyonnais avait été repris vingt ans plus tôt par un couple de Francs-Comtois revêches et bourrus, qui proposaient une cuisine à rebrousse-mode. Le charriot des entrées lyonnaises, avec ses grandes jattes lourdes de salades de pieds de veau, museaux et crudités en tous genres était une saine provocation à toutes les normes européennes. La patronne en était bien consciente, qui disait redouter l'interdiction, un jour ou l'autre. Est-ce pour cela que l'endroit a fermé ? Je ne sais pas et les conjectures sont désormais inutiles.

On trouvait ici une vignette d'un Paris intemporel ; une sorte d'authenticité vibrante et presque corrosive, comme un musée Grévin qui prendrait vie. La faune d'habitués rappelait ces vampires qui quittent leur tombe, à la fin du film de Polanski. Des visages aussi hâves que les pochards de Doisneau ; des faciès à la Mocky, à la Bosch ; des profils rebondis au point qu'aux tables voisines il était toujours un Obélix trinquant avec un Falstaff. On était au bistro rêvé par René Clair, dans *Porte des Lilas*. On s'attendait à voir débarquer Gabin dans la défroque d'Archimède.

Mais dans ce bouclard, l'extravagance des fantômes n'avait d'égale que la gouleyance des mets. La quenelle et le tablier de sapeur comptaient parmi les meilleurs de Paris. Et le ris de veau au vin jaune était beau comme l'antique. Ce sont bien sûr des plats que l'on retrouve ailleurs, mais si souvent « revisités ». À l'inverse, il y avait chez Moissonnier une pureté presque candide. On y voyageait dans le temps, périple immobile où l'estomac s'alourdit à mesure que monte la douce ivresse.

Moissonnier n'est plus, remplacé par une boulangerie hérissée de tous les labels bios. Nous lui souhaitons bonne chance, mais la tendance ne remplace jamais la poésie.

# Cannibalisme

Pourquoi tant aimer ce qui dérange ? Est-ce de la perversité ? De la provocation ? Ou juste un penchant naturel, affranchi de la morale, comme on aime se faire peur à peu de frais ? J'aime les films d'horreurs, les fêtes foraines, les montagnes russes. J'aime ressortir d'un cinéma comme d'un manège : lessivé, outré, le cœur au bord des lèvres. Je n'aime pas ce qui laisse tiède.

Le cannibalisme est une fascination de toujours. Toutes les perversions se sont normalisées, mais l'anthropophagie reste une île que nul n'ose aborder. Sans doute est-elle plus qu'une perversion : une vue en coupe sur notre sauvagerie, un reliquat de nos ancêtres dinosaures. Pourtant les animaux se mangent rarement entre eux. Du moins, ils n'en ritualisent pas la chose. À bien y voir, dévorer son semblable n'est-il pas la forme la plus absolue du raffinement, le degré ultime de l'humanité, de la civilisation ? Le viol le plus subtil : s'approprier l'autre de la façon la moins anodine, comme les chrétiens mangent leur dieu. Baignant dans cette culture théophage (j'ai grandi chez les nonnes puis les prêtres), aurais-je été contaminé ? Entendons-nous bien : quoique fieffé viandard, je n'ai jamais eu pour fantasme la consommation de chair humaine (ou alors cela s'est fait à mon insu). Je regarde plutôt la chose comme un univers en soi, une source d'inspiration, presque une muse. J'ai dédié mon premier roman à « Jean-Bedel Bokassa, gastronome en culottes courtes ». J'ai surtout consacré un livre entier à l'affaire Sagawa, le fameux Japonais cannibale qui avait dévoré une camarade de faculté, à Paris, en 1981. Cette histoire n'a cessé de m'obséder, par son constant va-et-vient entre l'élégance et la sauvagerie, la lumière et les ténèbres, l'humour et la bêtise. Et puis, je me répète, le cannibalisme provoque toujours des réactions radicales, d'effroi absolu, qui me fascinent. Un rejet presque coupable, comme si l'on craignait d'y verser.

Est-elle pourtant bonne, la viande du prochain ? Elle est – dit-on – celle d'une bête omnivore, qui mange tout et son contraire, même le pire, comme les pourceaux. Au vrai, déguster une bête qui consomme des Haribo, des nuggets, du colorant, du Charal, de la conserve est plus hasardeux qu'un poulet nourri au grain ou une vache de l'Aubrac. Viendra le temps où l'on élèvera les humains, en plein air, nus parmi les bois, gavés de produits sains, avant de les occire à maturation mais point trop usé – dix-huit ? vingt ans ? Alors on connaîtra enfin la saveur absolue.

# Andouillettes

Quoi de plus gris que le consensus ? L'unanimité est une petite mort. Être chéri de tous, comme Léonard de Vinci, les frites ou l'abbé Pierre, est un premier pas vers l'ennui. Qu'elles virent fades, ces idoles inattaquables, dont les cuirasses sans aspérités sont plus lisses que du verre ! Alors qu'il est si grisant de citer tout à trac un nom, une couleur, une idée, qui hérisse. Dans un dîner, dans la rue, dans le métro, lancez la bouche en cœur qu'Hitler était incompris, qu'Émile Louis n'était pas sans charme ou que Léon Degrelle devrait être en Pléiade. Sincérité ou provocation ? Peu importe. L'essentiel est de frapper les esprits. « Choquer, c'est viser juste », disait maman Cocteau, et elle avait raison. Certains décamperont, d'autres confirmeront, s'offusqueront, ferrailleront, mais il se passera quelque chose. Et c'est bien tout ce qui importe : ces petites bombes (r)éveillent.

Ainsi de l'andouillette.

Peu de mets provoquent une réaction si viscérale. On l'adore ou la déteste. Jamais dans la zone grise, elle est ombre ou lumière. Pour parler le jargon du temps : l'andouillette est *clivante*, *segmentante*. Elle est une insulte au vivre ensemble, au participatif. Elle est délibérément élitiste, ontologiquement aristocratique, parfaitement intolérante. Elle ne vient pas vers nous, c'est à nous de la rallier, de l'apprivoiser, de s'y habituer. Dans notre monde d'indifférenciation sexuelle et de flou anatomique, on pourrait même dire que l'andouillette est *genrée*. Pire : elle est burnée. On me jettera des cailloux, mais je pense qu'il est des plats mâles et des plats femelles. Du moins des tendances correspondant à des anatomies. Les petits chèvres frais, les vins de Loire, les filets de cabillaud, les flans d'aubergine et les tians de légumes n'ont pas le même public que le maroilles, les vins de Corbières, l'aligot et notre chère andouillette. Lorsque je fais cette remarque, on me tombe dessus. Mais il suffit de dresser l'inventaire plat/sexe, et les tendances parlent d'elle-même. Pour aller plus loin dans le sexisme, j'ose affirmer que les femmes qui aiment l'andouillette sont une caste de haute volée. Quelle plus jolie promesse qu'un dîner en tête à tête où l'inconnue du premier soir commande d'emblée ce plat musqué, alors que vous-même n'osiez pas ? Idéal pour délier les langues et les corps. On se sent tout de suite en famille. C'est la preuve que votre vis-à-vis goûte les saveurs, le puissant, l'ambré. Les inhibitions dégringolent et l'on frétille d'une telle mise en bouche.

L'andouillette est un plat jalon dans l'éducation palatale. Il y a un avant et un après. Comme une première huître, une première cuite. On pourrait presque parler de dépucelage tripier, car la plupart se rappellent l'expérience. Les gourmands se souviennent de leur première andouillette comme ils savent où ils se trouvaient le 11 septembre 2001 ou à l'annonce du confinement de mars 2020. Un coup de piolet dans la mémoire. Une cicatrice.

J'ai, pour ma part, commencé assez tard. Un nouveau bistro venait d'ouvrir à Senlis et nous y étions allés le jour même.

Un taulier roublard et moustachu nous apporte le menu et je demande à ma mère :

« C'est bon, l'andouillette ?

– Tu n'y as jamais goûté ?

– Bah non, répond l'adolescent constellé de boutons.

– Essaye, tu me diras. Mais je te préviens : ça pue… »

À l'époque, la surface de mon derme était un appel à la tripe et sans doute l'épiphanie devait-elle avoir lieu en ce frileux jour de janvier 1991. Lors, je goûtai…

Décrire la sensation est superflu. Claudel a connu son pilier, moi mes chaudins. Parfois, le monde semble d'équerre, comme si l'on trouvait le nombre d'or. On parle aussi de ce rayon vert, entrevu en mer l'espace d'un instant, entre astre et flots. Dans mon cas, ce fut plus simple : plus qu'une conversion, une résurrection. Ô complétude charcutière ! Dès cet instant, l'andouillette, comme ces livres auxquels on revient, ces tableaux qui vous hantent, ces films qui vous accompagnent, est entrée dans mon intimité. À l'âge où le corps achève sa mue, elle était une pierre angulaire déboulée sans crier gare, qui allait obliquer nombre de mes goûts. Avec le recul, l'andouillette est sans doute la seule maîtresse que je n'ai jamais trompée : depuis trente ans, ma fidélité est exemplaire. Ni désamour, ni lassitude. L'andouillette et moi marchons main dans la main vers l'éternité, avec la douce certitude d'une passion partagée et d'un appétit renouvelé. Ce qu'on appelle l'évidence.

# Ogre

Perrault n'est plus, Grimm s'est envolé, Andersen s'estompe, mais il reste encore des ogres. J'en connais un, authentique, de la plus belle eau. Contrairement aux contes de notre enfance, il n'est pas un monstre cruel, quelque démon anthropophage (ou alors, il cache bien son jeu), mais un bon géant gourmand, le colosse de Rhodes de la sapience gastronomique.

Le docteur Jean Vitaux a consacré sa vie à l'alimentation, sous toutes ses formes. Il connaît la nourriture depuis ses racines jusqu'à ses issues : ce gastronome est aussi gastro entérologue (désormais en retraite). Ses états de service sont intimidants : auteur du « Que sais-je ? » sur la gastronomie, du *Dictionnaire du gastronome* des Puf, du *Bouquin de la gastronomie* chez Laffont, de nombreux ouvrages sur les habitudes et régimes alimentaires, il fait également partie d'innombrables confréries gourmandes. Voilà un ogre que le cumul des mandats n'a jamais effrayé : président de l'Académie des gastronomes (fondée par Curnonsky), de l'Académie de la truffe et du champignon sauvage, membre de l'Académie des abats, de la Guilde des terroirs, des Amis des bistrots, il est enfin archiviste du Club des Cent et le plus fin bibliographe gastronomique qu'il m'ait été donné de rencontrer. Ajoutez à cela une hypermnésie qui aurait fasciné Borges. C'est bien simple : Vitaux sait tout sur tout ! Mais contrairement à Ireneo Funes, il n'est pas étouffé par sa propre science. Un Pic de la Mirandole des bonnes choses, dont la culture historique rejoint l'expérience palatale, ce qui promet des anecdotes étonnantes, des rapprochements surprenants, des analogies lumineuses, des corrélations éclairantes. Enfin, grand par la taille, l'expertise médicale et le savoir gastronomique, Jean Vitaux est avant tout un honnête homme ; ce huguenot conjugue plaisir et savoir comme on réconcilie hédonisme et rigueur. Avec lui, le cerveau goûte et l'esprit savoure : la quadrature du cercle.

# Déco

Le fond ou la forme ? Le contenant ou le contenu ? La robe ou le cœur ? La chair ou la peau ? *Prima la musica e poi le parole* ? Dr Jekyll ou Mr Hyde ? J'ai toujours été assez insensible aux « arts de la table ». Je pardonnerai tout à un restaurant aux assiettes ébréchées, aux verres dépolis, aux couverts informes, si la gourmandise est au rendez-vous. J'ai souvenir de repas admirables, pris en Italie, sur des tables en plastique, à même le trottoir. Les rues de la Botte fourmillent de gargotes qui vous servent des pâtes cuites à la perfection ou des poissons frais du matin. La vaisselle est indigne mais qui s'en soucie ? Quand la papille est à la fête, l'œil peut faire son deuil, le temps d'une agape. À l'inverse, lorsqu'un restaurant rivalise d'entrechats, de salamalecs, de vaisselle griffée, de verres superfétatoires, de serviettes brodées, de centres de table, de bouquets fallacieux, je reste circonspect. Trop d'esbroufe masque parfois des carences. « Gastro » n'est pas « déco », et le souci de la forme excuse parfois l'insipide, l'ennuyeux. Comme l'éléphant qui accouche d'une souris, il arrive que ces arts de la table soient le vernis d'une cuisine plate, qui n'est que le complément périssable d'un ensemble visuel. Ils sont l'attrape-mouche d'une clientèle que la cuisine n'intéresse pas – voire qu'elle effraye –, comme ces nymphes éthérées qui envahissent Paris aux jours de facheune-ouike ; voyez ces aigrettes, escortées de mafflus pileux et nantis, entassés dans ces temples du non-goût que sont La Société, L'Avenue et autre hôtel Costes. Tout cela picore de la sucrine dispendieuse arrosée de Badoit, en clabaudant des « *how nice!* » à l'arrivée de la moindre graine. Et j'ai toujours soupçonné les grands gastros d'en rajouter dans la surcharge décorative (qui vire parfois au mauvais goût) pour appâter les épouses des gourmands, lesquels peuvent bâfrer tandis que madame tâte l'épaisseur de la nappe ou l'amidon des serviettes. À chacun ses priorités.

# Cinéma(s)

Pas simple de représenter la nourriture au cinéma. Réduire la gourmandise à sa pure dimension visuelle (et auditive, certes) est risqué. Je mets d'emblée de côté les expériences d'odorama et autres fantaisies à la John Waters. Elles sont pourtant nombreuses, les scènes de repas, de banquets, de ripailles. Mais elles sont souvent escamotées et restent des prétextes à autre chose ; ainsi le « petit lapin sauté » annoncé par le père Poulain, au début de *Partie de campagne* de Renoir, est-il traité de façon elliptique, mais on comprend qu'il fut bon en voyant la bedaine assoupie de Gabriello, allongé dans l'herbe. L'ensemble du film baigne dans une atmosphère panthéiste, presque païenne, qui célèbre les sens sous toutes leurs formes, les joies du palais précédant celles des jupons, qui seront elles aussi traitées de la façon la plus admirablement suggérée.

Dans le cinéma français, on ne compte plus les scènes de repas qui chantent avant tout la convivialité, la complicité, la camaraderie. Les films des années soixante-dix sont en cela très représentatifs de cette France giscardienne, à la jonction de la cuisine de grand-maman (très gaullienne) et de la dictature des régimes de tout poil (arrivées avec la nouvelle cuisine puis les années Tonton). Comme s'il fallait une dernière fois bâfrer en fumant, hâbleurs, gueulards, joyeux, ainsi qu'on le voit au début de *L'Horloger de Saint-Paul* de Tavernier, ou dans certains films de Claude Sautet.

À l'inverse, la cuisine à la sauce hollywoodienne est toujours désarmante de vacuité ; à croire que les Américains ne prennent que des petits déjeuners, debout dans des cuisines où tout est gigantesque : les frigos, les assiettes, et ces immenses verres de vin qu'ils remplissent d'une demi-bouteille de « chââdeuneïlle ». Une population qui se nourrit de sandouiches, de salades informes et, le temps d'un anniversaire, de ces gâteaux aux teintes stabilo qui semblent des pâtisseries de caoutchouc. Paradoxalement, c'est pourtant Hollywood qui nous a offert, ces vingt dernières années, l'un des plus beaux hommages à la gourmandise du vieux monde : *Ratatouille*. Peut-être la nourriture supporte-t-elle mieux la fantaisie d'un dessin animé, laquelle lisse, apaise, rend moins brut, moins carné. Reste que ce chef-d'œuvre – dont le noyau est le souvenir proustien d'une ratatouille mitonnée par la grand-mère d'un critique gastronomique – est ce qui s'est fait de plus beau et de plus juste en la matière. Ce Paris de carte postale, à la géographie aberrante (la tour Eiffel est au débouché de chaque rue), est un chant d'amour à tous les cultes gourmands. Surtout : il donne faim. Malgré l'affadissement inévitable du dessin, on a les papilles excitées par tant de virtuosité culinaire.

Il y a enfin les films qui jouent sur l'écœurement. Ceux-là me semblent encore plus intéressants.

On se souvient du scandale provoqué par *La Grande Bouffe*, de Marco Ferreri, en 1973. En montrant quatre potentats parisiens se suicidant par l'estomac, le film décrivait la décomposition d'une société, comme le fera Pasolini deux ans plus tard avec *Salò*. Chez Ferreri, il n'y a pas de plaisir à manger, fût-ce des mets grandioses. Il s'agit d'ingérer, digérer, puis rejeter, sous toutes les formes. Michel Piccoli qui meurt de péter est une scène effroyable car on y croit. On se trouve aux antipodes de toute potacherie, et le film est parmi les plus tragiques qui soient. Jamais il n'est ici question de gourmandise, ni même de gloutonnerie. On est dans le nihilisme absolu.

À ce constat morose (et souvent admirable), je préférerai toujours ce qui reste ma plus forte découverte gastronomico-cinématographique : *Le Cuisinier, le voleur, sa femme et son amant*.

Le cinéaste britannique Peter Greenaway a connu son heure de gloire dans les années quatre-vingt, inaugurée par le succès du très étrange *Meurtre dans un jardin anglais*. L'image baroque, léchée à l'extrême, les dialogues ampoulés, les intrigues spécieuses, le fouillis délibéré de la narration ont enchanté un certain public qui a fait la fête aux films suivants, lesquels se présentaient comme autant de rébus, des petits jeux de construction gratuits, prétentieux et souvent jouissifs : *Zoo*, *Le Ventre de l'architecte*, *Drowning by Numbers*… On y voyait l'œuvre d'un plasticien très narcissique qui invitait son public dans un univers autoréférencé, superbe à voir et sans doute très vain. Je dois avouer que j'adorais cela mais que je peine aujourd'hui à revoir ces films, dont les artifices se sont accrus avec le temps. La surprise s'est émoussée : n'en restent que les rouages.

Et puis il y eut ce fameux *Cuisinier*...

Sorti à l'automne 1989, le film fut reçu avec un mélange de respect et de réticence, comme si Greenaway était allé trop loin. Jusqu'alors, il y avait dans ses œuvres une retenue très british, qui plaisait au public des beaux quartiers, lequel trouvait à Greenaway un côté fréquentable. Mais voilà que, brutalement, le cinéaste nous crache sa viande à la gueule.

Dans un vaste hangar londonien, un chef français a installé un restaurant spectaculaire, où dîne chaque soir un baron du crime organisé. Présidant des tablées de sbires terrifiés, le malfrat est toujours accompagné de Georgina, sa femme. Celle-ci s'ennuie devant les monologues de son mari, qui ne sait parler que de nourriture. Elle remarque un homme qui dîne toujours seul, plongé dans un livre. Bientôt, les regards s'échangent et, sans, un mot, ils se retrouvent aux toilettes. Commence une romance muette, sous la bienveillance du cuistot, lequel cache chaque soir les deux amants dans ses cuisines. On s'en doute, le cocu découvre le pot aux roses et tue l'amant. Georgina se venge alors de la plus effroyable façon.

Je serais bien injuste de décrire la scène finale, car ma surprise est restée profonde. Rarement je suis sorti d'un cinéma avec un tel mélange d'admiration et de dégoût. Je venais d'avoir quinze ans, j'étais allé voir le film, seul, dans la grande salle du 14 juillet Odéon, et je me suis senti épouvanté, presque sali. La dimension rituelle de ce film, la photographie ripolinée de Sacha Vierny, les costumes extravagants de Jean-Paul Gaultier, les interprétations superlatives de Helen Mirren (dans son rôle le plus chaud depuis *Caligula* : il faut la voir baiser dans toutes les positions, entourée de pelures de légumes, de carcasses en putréfaction) et de Michael Gambon (le Dumbledore des *Harry Potter* !), et puis la musique obsédante de Michael Nyman (un requiem composé pour les morts du Heysel, stade belge ravagé par les hooligans trois ans plus tôt) : j'étais abasourdi. Une sidération qui a duré longtemps, m'a laissé sans voix.

Voilà une gifle, une vraie. Si le cinéma peut provoquer un tel effroi, c'est qu'il est un art majeur. Certes, j'avais quinze ans et encore beaucoup de choses à découvrir, mais il s'agit d'une vision fondatrice. Il m'arrive de revoir le film, et le plaisir est encore là. Bien sûr, les artifices sont plus drus, mais la puissance de l'image, la force du récit et le scandale de l'épilogue gardent une force singulière. Surtout, ce *Cuisinier* est, à mon sens, le plus beau film sur la gourmandise. Chez Greenaway, le goût est le chaînon manquant entre Éros et Thanatos. Il y a l'amour, la bouffe, la mort, et c'est tout. Voilà ce à quoi nous sommes réduits : s'accoupler, s'alimenter, chier, crever. Une équation simplissime, qui nous rabaisse au rang de bêtes, mais que le cinéaste transfigure dans un monde de conte de fées macabre et rituel, où tout converge vers le seul festin possible : la dévoration de l'autre. La morale est sans issue : on naît, vit et meurt en cannibale.

# Osteria

Oubliée d'Haussmann et des bétonneurs, la rue de l'Hirondelle est une parenthèse médiévale en contrebas de Saint-Michel. Au 20 de cette venelle se niche la plus inattendue des gargotes italiennes, avec ses quatre tables à même le trottoir et son taulier au sourire acide. Dans ce quartier où pullulent les échoppes gréco-turques, dont les kebabs empoissent l'air et défigurent les façades, l'Osteria del Passe-Partout (quel nom étrange !) est une halte sans fard, dont le charme rugueux n'a pas changé depuis quinze ans que je la pratique.

Ce n'est pas un restaurant mais un rituel, presque un toc. J'y prends toujours le même plat, avec une rigueur d'Asperger : les *linguine* aux crevettes, arrosées de vin sicilien. À la commande, le patron fait mine d'être surpris, comme si je me montrais enfin aventureux. Puis je retrouve ma plâtrée, comme Ulysse regagne les loches de Pénélope. Le reste de la carte est-il bon ? Ces pâtes présentent-elles le moindre intérêt ? Je suis incapable de vous répondre. Comme un couple qui se connaît depuis trop longtemps, elles échappent à toute critique car les juger serait m'accuser moi-même.

# Boire

Je rêve parfois d'avaler un lieu, de le faire mien ; m'y identifier au point de l'absorber. Disons qu'après avoir été ému par un site, une atmosphère, une campagne, je tourne vampire et désire en connaître la saveur la plus intime : son sang. Parfois, il est le sang des animaux qui vivent ici – un bœuf, du gibier, une volaille – ; plus souvent cette transmutation passe par l'expression la plus logique d'un terroir : son vin. Je serai toujours plus touché par le nectar d'un lieu qui m'a frappé. Une fois de plus, la mémoire remplit son office, tout comme le regard. On s'éloigne de la classification canonique des crus, de la qualité *in abstracto* des vignobles, et l'on entre dans le domaine de l'intimité.

Mon ennui devant les vins de Gironde ou de Loire est-il lié à la certaine indifférence que m'inspirent ces régions ? À l'inverse, je trouve mille excuses aux vins de Corbières, car j'ai passé mon enfance à crapahuter d'un château cathare l'autre, avant d'aller guigner les trésors imaginaires de Rennes-le-Château. Buvant ces vins, il me semble avaler ces rocailles qui défient le ciel ; il me semble déguster une ambiance médiévale. Ce n'est là que fantasme, je le sais bien, car ces châteaux n'ont de cathare que le nom et le vin de Corbières n'est buvable que depuis vingt ans. Mais il est une plongée dans un passé que je réinvente, comme si chaque gorgée était le chapitre d'un roman écrit pour moi-même. Je bois les murailles de Carcassonne, je déguste les créneaux de Peyrepertuse, je sirote la dent de Quéribus, j'avale même le bûcher de Montségur, fût-il en Ariège… Comme le lion vert mange le soleil dans la symbolique alchimique, je dévore une lumière. Et la chaleur de cet astre vous coule dans la gorge, suave et rustique, battue par les vents, brûlée au feu de la grande Histoire.

Le sentiment est le même avec ces vins du Rhône, où je me sens chez moi, car j'y suis bien souvent. Depuis vingt-cinq ans, les contreforts du Ventoux sont une de mes retraites et boire un Beaumes-de-Venise, un vacqueyras, est comme un shot de garrigue, de mistral, au cœur de l'hiver parisien. Je me damnerais pour un Domaine des Tours, fin, aérien et secret, né des terres de Sarrians. En une gorgée, l'air sent le romarin, le ciel est clair, des petites fumées montent çà et là des vignes, et je songe à Daudet qui rappelle combien « tout ce beau paysage provençal ne vit que par la lumière ». Les vins sont escarpés comme ce village de Suzette, dont le cimetière est un balcon posé sur l'abîme. Tout aussi vertigineux est Gigondas, village niché au pied de ces Dentelles de Montmirail où je vais affronter la rocaille, avec mère et enfants. Ces créneaux cyclopéens, qui jaillissent de la vallée du Rhône comme un clin d'œil préhistorique, infusent dans leurs vignes aberrantes, parfois à flanc de colline, où le vigneron se fait acrobate, trapéziste. Il en ressort des vins funambules, chaleureux et canailles, qui se dégustent comme des belvédères : du haut d'un verre, juché sur le roc, on domine la plaine, car le vin donne à voir, toujours plus loin.

# Fouquet

Avoir son rond de serviette : sentiment apaisant ! Savoir qu'on peut venir n'importe quand, qu'il y aura toujours à grignoter, qu'on ne sera jamais inconnu. Pour un angoissé, c'est le graal. Ce n'est pas une affaire de narcissisme, plutôt de névrose. Il ne s'agit pas d'être reconnu, juste rassuré. Voilà près d'un demi-siècle que je lutte contre une timidité d'autant plus maladive qu'elle est cachée. Les couleurs vives et le ton désinvolte sont un masque commode contre des craintes bien ancrées, dont je ne saurais dire les racines. Si j'arbore des couleurs arlequines, c'est pour attirer les regards, donc les gens que je n'oserais pas aborder moi-même. Longtemps, le téléphone m'a plongé dans des abîmes de frayeur et mon quotidien s'est vu allégé par l'arrivée du mail et des sms. Et il m'a fallu du temps avant d'oser pousser, seul, la porte d'un restaurant pour un repas dont je suis le premier arrivé (la ponctualité compte parmi mes vices). Impression étrange d'entrer sur scène pour une pièce dont je n'ai pas mémorisé le texte, comme les personnages du *Charme discret de la bourgeoisie.* Et puis tous ces yeux braqués sur moi – convives, clients, serveurs, cuistots – qui semblent crier : « De quel droit êtes-vous ici ? » Un sentiment d'illégitimité globale, comme si je pénétrais une zone interdite, voire dangereuse, peut-être fatale. Généralement, je fais les cent pas dans le périmètre du restaurant, épiant l'arrivée des clients, et lorsque je reconnais un de mes camarades je m'approche fissa, singe la nonchalance et m'étonne : « C'est drôle, on arrive en même temps. »

Se mettre dans un état pareil pour dix minutes d'avance, vous m'avouerez que c'est sot ! Voilà pourquoi j'aime me sentir habitué, comme si le restaurant était une extension de ma zone de confiance, une pièce de plus à mon appartement. Voilà pourquoi j'aime les ronds de serviettes…

Les pensions de famille ayant fait leur temps, peu de restaurants pratiquent encore cette coutume très balzacienne. Les premières années, Pierre Cheucle avait fait broder sur ses serviettes le nom des meilleurs clients de Chez Marcel. Le succès aidant, il a manqué de matériel, car toute nouvelle tête devenait un habitué. Dans les années quatre-vingt, avant qu'il ne devienne une proue du groupe Barrière, le Fouquet's avait inventé une vitrine où trônaient des ronds de serviette. C'était une sorte de club, qui occupait la salle à manger de droite, laquelle donnait sur l'avenue George V. Travaillant à un jet de pierre, rue de Monceau, mon père faisait partie de cet aréopage gourmand et assez clinquant. Il allait dans la célèbre brasserie des Champs-Élysées plusieurs fois la semaine et, à toutes les vacances scolaires, m'y invitait à déjeuner. Ces tête-à-tête étaient d'autant plus savoureux que toute la brigade me traitait comme un dauphin. C'était une fête à laquelle je me préparais longtemps à l'avance, nouant une cravate, endossant un blazer, vérifiant le lustre de mes chaussures, avant de sauter dans le train qui me conduisait de Chantilly à la Gare du Nord. Parfois, je retrouvais le paternel au bureau et nous faisions route commune. Parfois, il me donnait rendez-vous directement « chez Fouquet » (disait-il), ce qui avait le don de me terrifier. Je me revois encore arpentant les trottoirs des Champs-Élysées, quand les vendeurs de ticheurtes n'avaient pas remplacé les cinémas, auscultant chaque affiche du Triomphe ou du Biarritz, pour tromper mon appréhension. Lorsque j'avisais mon père, qui traversait sur les clous, armé d'un parapluie rouge dont le manche figurait le F de Fouquet's, je jouais la surprise et nous entrions ensemble. Sinon, je prenais sur moi et passais le tapis rouge en retenant ma respiration. J'étais évidemment le plus jeune, le plus provincial, le plus « hors de propos ». Alors même que j'avançais, je repérais çà et là des visages connus, vus à la télévision ou dans des films. Mais déjà s'approchaient des sourires amicaux, affectueux, car ici l'on avait bonne mémoire. « Votre papa ne va pas tarder. Tenez, on vous a mis à cette table-là… »

Il fallait alors attendre sous les regards amusés d'une faune que ma jeunesse surprenait, et l'on me servait toujours un verre de Châteldon, sans que je comprenne alors le clin d'œil au président Laval.

Devant moi : une place vide ; posés sur l'assiette : la serviette et le rond de mon père. Lorsque celui-ci apparaissait, je pouvais respirer. Ce que nous mangions alors n'avait rien d'inoubliable mais était roboratif : un œuf en gelée qu'on renvoyait s'il n'était pas mollet ; un tartare poêlé comme l'aimait le sculpteur César ; et puis ce chariot des desserts qui faisait rêver le jeune pensionnaire. Pendant plusieurs années, ces rendez-vous furent un rituel douloureux mais finalement très formateurs pour ma timidité. Ils culminèrent le soir du 10 septembre 1992, lorsque mon père m'y organisa un anniversaire surprise pour mes dix-huit ans.

C'est, encore à ce jour, l'un de mes souvenirs les plus électrisants. J'eus le sentiment que, pour la première fois, je découvrais une sorte de versant parallèle, l'autre côté d'une réalité. J'étais toujours venu déjeuner et voilà que nous dînions au Fouquet's. Mon père avait fait réserver l'extrémité sud-ouest du restaurant, qui faisait comme un aquarium sur l'avenue George V. Je devrais plutôt parler de zoo, car certains passants tombèrent bientôt en arrêt devant la vitrine, comme s'ils contemplaient le rocher aux singes. Sans doute les autorités du Fouquet's n'avaient-elles pas prévu qu'un simple anniversaire tournerait au banquet républicain, puis à la salle de garde. Nous étions une bonne vingtaine, mélangeant ma famille et mes amis les plus proches. Cocktail d'autant plus amusant qu'il y avait ce soir-là les deux rives de ma vie quotidienne, lesquelles se voyaient assez peu (mes parents ont divorcé quand j'avais quatre ans). Et c'était drôle de les avoir tous réunis, à cette table en U, comme un jury de grand oral dont j'occupais la place d'honneur. Le dîner commença de façon assez cérémonieuse, avec un discours de mon grand-père maternel, lequel était aussi piquant à l'oral que discret dans la vie. Puis chacun y alla de son petit compliment, sans parler trop fort car les convives de la salle à manger voisine commençaient à nous jeter des regards surpris. Mon père fut le dernier à prendre la parole. Le dîner étant déjà avancé, le vin avait coulé. Au lieu de dresser mon panégyrique, il se leva et s'approcha de son frère aîné, avec qui il avait toujours eu des rapports courtois mais distants. Lors, comme un duo de potaches, ils se lancèrent dans un tour de chant à faire rougir Gaston Ouvrard. Sous les regards médusés des serveurs, qui tentaient désespérément de les faire taire, d'installer un paravent, de trouver une glace postiche pour fermer notre aquarium, les deux d'Estienne entonnèrent « Monsieur Bébert », « Quand les andouilles voleront », « Le grand vicaire » et « La pompe à merde ». Ma famille maternelle hésitait entre le fou rire et l'effroi. Mon grand-père ressemblait à une tranche de colin. Mes amis étaient ahuris. Et moi je touchai le nirvana. Voilà, très exactement, ce dont j'aurais pu rêver de plus beau, de plus foutraque, de plus absurde, de plus idiot, de plus hilarant et de plus poétique. À l'arrivée du gâteau, la meilleure amie de ma mère, chanteuse lyrique, entonna le brindisi de *La Traviata* avant que je ne sorte un pistolet d'alarme et tire six pétards. Devant les détonations, mon père et mon oncle imitèrent des hurlements de chiens effrayés et ce fut le branle-bas de combat dans la salle à manger mitoyenne. Hélas, il était déjà trop tard : lancé par mes aînés, je chantai le premier couplet de « La grosse bite à Dudule », que toute ma famille, contaminée par la grivoiserie, reprit en cœur. Depuis cette épiphanie, malgré les efforts de mes proches, tous mes anniversaires m'ont semblé fades. Certains coups d'essai sont des coups de maître.

# Figues

J'aime les voyages dans le temps. Marqué par Barjavel, Wells et quelques autres, j'ai plusieurs fois exploré ce thème qui conjugue ma passion de l'histoire et mon goût de l'étrange. Un penchant naturel me pousse toutefois vers le passé, car l'avenir ne m'est d'aucune volupté ; savoir ce que deviendra le monde, ce que feront mes descendants, dans quel abîme la civilisation tombera ne m'excite guère. J'ai en tête la phrase finale de *La Fosse de Babel* d'Abellio : « Demain, le mot le plus menteur de toutes les langues. »

En revanche, connaître la couleur du ciel sous Henri IV, les sons du Paris médiéval, les parfums du monde préindustriel, voilà qui m'émoustille. Ce qui m'intrigue le plus, c'est de déceler les cicatrices du passé dans le monde moderne : quels détails ont survécu, n'ont pas été dévoyés, défigurés par la chimère du progrès. J'aime à découvrir la marque des voies anciennes dans le tissu urbain : le plan de Turgot offre ainsi un passionnant voyage dans le Paris de Louis XV et l'on retrouve, aujourd'hui encore, derrière l'oblique d'une venelle, la courbe d'un muret, les souvenirs d'une cité engloutie. Les musées offrent bien sûr cette fenêtre sur le passé, car les œuvres y sont intactes, mais cela revient à feuilleter un herbier : cueillie, la fleur perd sa sève. J'aurais plutôt voulu connaître l'œuvre avant son exécution, la voir à l'atelier, sur le chevalet, avec ses premières ratures. À l'inverse, il est des paysages, des sites, qui ont conservé leur aspect primitif : certaines montagnes, certains canons, déserts, fjords, sylves n'ont pas ou peu été modifiés par la griffe humaine et permettent d'entrevoir le monde d'avant la faute. Encore faut-il s'y rendre.

Au vrai, l'un des plus sûrs voyages dans le passé reste celui du goût. Certains aliments sont mangés avec le même plaisir depuis des milliers d'années. Certes, le vin romain coupé au miel, à l'eau de mer et aux épices n'a plus lieu d'être. De même, viandes et venaisons médiévales atteignaient un faisandage plus musqué qu'un vestiaire de stade ; mais je me suis toujours dit que les fruits sont un trait d'union avec l'Histoire.

On sait que l'immense variété des fruits et légumes s'est vue divisée par dix en un petit siècle (la sélection opérée par la grande distribution a sabré, par exemple, maintes sous-variétés de pommes) et les méthodes de culture relèvent parfois de la pure science-fiction. Cependant, il reste des fruits inviolés. Parmi ceux-ci, la figue occupe une place d'honneur.

Fruit étrange, à la séduction lente, elle est le cœlacanthe de nos cagettes. Voilà près de douze mille ans qu'on la cueille. Dans les repas de nos aïeux, elle précéda les grandes céréales. Avant le blé, avant le pain, était la figue. Fruit résistant, qui brave le soleil, les chaleurs, la sécheresse, elle est un roc délicat, offrant une même joie depuis la fin de l'âge de pierre. L'aède ou Socrate la mordaient avant de prendre la parole ; on l'aimait aux temps d'Ovide, de Gilgamesh ; dans la genèse juive, elle serait le pendant de la pomme chrétienne. En un sens, la figue est notre mère à tous, l'ancêtre de nos joies gustatives, l'éden de la gourmandise. Il semble surtout, lorsqu'on la cueille par une chaude journée d'été dans une garrigue assourdie de cigales, qu'on jongle avec les lois du temps. Cette peau ferme, cette pulpe tiède, ce jus qui poisse les doigts et les lèvres : depuis Ulysse, le plaisir est inchangé.

# Tentation

L'expression « plat canaille » est irritante. Elle semble un fourre-tout imprécis, qui reflète souvent l'inculture d'un menu. Pour peu que le restaurateur soit paresseux, un steak-frites sera considéré comme « canaille », car il sera toujours plus voyou qu'une salade de quinoa ou une farfalade de chou kale. L'épithète « canaille » est aussi souvent galvaudée par une faune artificielle de loufiats faussement apaches, lesquels singent les malfrats de Carco à coups de casquette à la diable, de tablier de cuir et de cette morgue agressive qui passe pour de la familiarité. Dans le bistro canaille, le client est fier de se voir houspillé : il prend cela pour de l'affection ou, mieux, de l'élection. Le patron a tout compris, qui gourmande son public, le moque et lui impose une addition absurde comme si sa performance elle-même était facturée.

Mais peste soit de cette canaillerie pour touristes et béotiens. Pas besoin d'une ruelle ténébreuse, d'un garçon hâbleur, d'une carte poisseuse.

À qui désire un vrai moment canaille, non loin et à peu de frais, je conseille toujours de se rendre aux Halles. Depuis que j'écris, je cultive cette nostalgie fictive d'un lieu que je n'ai pas connu ; né en 1974, je porte le deuil des grandes halles centrales et ne m'en remettrai jamais vraiment. Sans doute cet amour est-il celui des Parisiens pour la campagne, dont ils ont une vision idyllique, littéraire et sûrement très cliché. Tant pis… Je sais que les Halles étaient devenues un cloaque infect, une colonie de surmulots, un capharnaüm automobile, une usine à virus, mais je regrette de n'avoir pas connu le Ventre de Paris à ses heures de gloire et reste persuadé que la nuit est tombée sur la cité lorsqu'elle a cessé d'être noctambule, en 1969. N'en reste qu'un affreux bric-à-brac giscardo-moderniste, qu'aucun édile n'est parvenu à enjôler. Saint-Eustache meurt de chagrin depuis un demi-siècle, contemplant à ses pieds l'agonie perpétuelle de l'ancienne zone des Champeaux. Malgré cette catatonie, l'esprit des Halles flotte encore çà et là, pour qui sait le humer.

On pourra bien sûr aller Chez Denise, rue des Prouvaires, qui porte avec (et sans doute trop de) fierté ses galons de vétéran du quartier. En réalité, cette Mecque de l'onglet ouvrit quelques années avant la fermeture des Halles et vit de cet héritage comme une manière de charognard. Bien plus authentique est le Pied de cochon, que l'on aurait tort de considérer comme une simple brasserie pour touristes. Certes, son service vingt-quatre heures sur vingt-quatre impose des cars de seniors catalans et autres escouades polyglottes, mais ce bel endroit mérite mieux qu'une réputation injuste. Fondée en 1947, à l'heure où les Parisiens se nourrissaient encore avec des tickets d'alimentation, cette brasserie a conservé un esprit braillard et gourmand. Elle seule rappelle le restaurant du chef Chatelain, dans l'admirable *Voici le temps des assassins*, de Duvivier. Au détour de chaque table, on s'attend à voir débouler un Gabin cauteleux et gueulard. Le film fut tourné dans les studios de Billancourt mais évoque vraiment les salles du Pied de cochon. La carte est viandarde à souhait, ce qui n'est que justice dans le quartier. Mais son acmé est un plat que je dévore (environ) une fois par trimestre : la tentation de saint Antoine. Je ne connais pas l'origine de cette métaphore religieuse (la proximité de Saint-Eustache ?) mais cette Kaaba vaut son pèlerinage. La composition est toute simple : pied, oreille, queue et groin de cochon grillés, accompagnés de frites et de béarnaise. Une sorte de synthèse tripière, où l'on célèbre moins les organes que les membres. La version porcine du célèbre shampooing pour enfant des familles étasuniennes : *From head to toe*. Craignant qu'ils ne soient contaminés par le véganisme ambiant, j'y ai conduit mes garçons dès qu'ils ont été en mesure de s'asseoir sur une banquette. Des semaines durant, je les ai préparés, comme les pèlerins de Compostelle révisent leur coquille : « un jour je vous emmènerai goûter une tentation », « lorsque nous irons goûter la tentation », « la semaine prochaine, peut-être aurons-nous une tentation », « aujourd'hui : tentation ! ». J'aurais pu craindre une déception, une débandade, mais non. Sans doute mes fils surjouent-ils parfois leur appétit, mais il faut les voir mordre les groins, dépiauter les sabots, fouailler les petites vertèbres, faire claquer le cartilage des oreilles entre leurs dents appareillées. Et mon orgueil de père toise les autres tables, où les adultes s'empiffrent de choucroute tandis que leurs enfants roupillent devant des steaks hachés. Mes fils et moi communions par le groin : n'en déplaise aux mitrés, cela vaut bien des hosties.

# Clubs

Le mythe égalitaire a fait long feu. La Révolution voulait décapiter les privilèges, le communisme traquer les faveurs, mais on n'éradique pas le propre de l'homme : aller au-delà de la porte close, posséder la clé du jardin secret. On a beau pénétrer le saint des saints, il est toujours quelqu'un de mieux placé, de plus introduit. Le privilège est une poupée russe et le besoin d'« en être » aide souvent à gravir, dès l'instant qu'on ne se perd pas dans le regard des autres.

Ainsi la gastronomie est-elle mère de mille confréries. On ne compte plus les amicales du boudin blanc, du pâté de tête, des escargots. Les gens se réunissent souvent autour de produits litigieux, parfois dérangeants, comme les partisans du fouet se retrouvent au donjon du bourg. C'est surtout le plaisir de festoyer entre soi, pour célébrer le culte d'un goût partagé.

Telles les grottes des premiers chrétiens, ces confréries rassemblent des affidés, heureux de pouvoir se livrer à leurs penchants, sans regard oblique. À cela s'ajoute le sens du mystère, du sous-entendu, du clin d'œil crypté. Qui sont donc ces gens qui se retrouvent régulièrement ? Que font-ils ensemble ? Pourquoi sont-ils si discrets ? Le conspirationnisme va bon train et l'on imagine le pire, à la plus grande joie des gourmands, qui entretiennent bien entendu l'énigme, alors qu'ils se contentent de s'attabler non pour renverser le pouvoir mais pour vider plats et bouteilles. J'ai toujours eu pour maxime la phrase de Dominique de Roux, extraite de son livre *Immédiatement* : « Le secret doit exister, ce n'est pas un vide que l'on cache. » L'axiome s'applique à tout, même à la gourmandise : ainsi de ces amateurs d'oiseaux protégés qui, à l'instar de notre président à Francisque, se cachent sous des serviettes pour en aspirer le suc interdit.

Depuis une quinzaine d'années, j'ai la chance de naviguer parmi certaines confréries gourmandes qui sont plus qu'une danseuse : un univers parallèle. Ils sont pour moi le *Wonderland* d'Alice, le *Neverland* du petit Pan, des *Brigadoon* gustatifs.

Que serait la gourmandise sans la camaraderie ? Je sais certains amis capables de prendre leur voiture pour aller déjeuner seuls dans un étoilé de province, mais c'est au-dessus de mes forces. Si j'adore dîner seul chez moi, en pyjama dès sept heures, au coin de mon feu, je ne conçois les restaurants qu'en collectif. Il est toujours étrange de voir ces clients assis seuls à leur table, qui parfois commandent des plats somptueux, mais gardent le vague à l'âme. Lorsqu'ils goûtent une bouchée, leur regard s'aventure entre les têtes inconnues des voisins, ou bien par la fenêtre ; on sent qu'ils n'osent pas sourire, comme s'ils se sentaient épiés ; les serveurs eux-mêmes peinent à les déranger pour savoir si le repas est bon, car si l'homme est venu seul, c'est pour une bonne raison (ou ils supputent en lui un critique, tel Louis de Funès). Alors qu'il est si doux de comparer ses impressions, d'échanger des vues, des goûts, des déceptions, des joies, des colères, des excès. Lire dans l'œil de l'autre cette lumière acide et complice lorsque l'un des deux propose de reprendre une bouteille :

« Ce n'est pas sérieux…

– Le sérieux ? Quelle horreur !

– Tu as raison. Garçon ? La petite sœur ! »

Et hop, on rempile, pour le meilleur ou le pire.

Seul, un repas est une carte balisée. À plusieurs, il est un champ de possibles, une levée de barrières.

Les clubs gastronomiques offrent une certitude de plus : celle de se retrouver entre vrais gourmands. Rien n'est pire que ces dîners qui virent au pensum car on comprend que les hôtes ne sont pas « de la gueule ». La nourriture ne les intéresse pas. Chez eux, ils vous proposent des cacahuètes, du mousseux tiède, des plats mal réchauffés, un « bon petit bordeaux » sans doute apporté par l'invité d'un dîner précédent. Lorsqu'on les retrouve au bistro, ils semblent démunis devant la carte, choisissent le plat le plus gris, prennent du vin au verre, esquivent entrée ou dessert, et mangent sans regarder leur assiette, machinalement, comme on conduit ou va à la selle.

À l'inverse, savoir que l'on va, à rythme régulier, faire des repas gourmands, créatifs, audacieux, jamais assoupis, dont les échecs (cela arrive) seront toujours épongés par le plaisir d'être ensemble, est une constante source de bonheur.

Suivant les pas de mon père, pour qui amitié et gourmandise sont deux mamelles, j'ai au fil des ans intégré plusieurs de ces aréopages. L'un d'eux se concentre sur les abats et me permet de goûter des plats extraterrestres. L'autre a pour objet les champignons et se voit circonscrit à de rares repas annuels, essentiellement au début de l'automne et au cœur de l'hiver (la truffe est la meilleure nouvelle de l'an neuf).

Mais c'est la troisième de ces académies qui occupe la place du cœur : le Club des Cent. Fondé en 1912, en plein essor de l'automobile, par une escouade de journalistes gourmands, il réunit depuis plus d'un siècle des passionnés du bon vivre. Y entrer est un parcours du combattant, où s'enchaînent de nombreuses épreuves, lesquelles culminent par un redoutable examen de culture gastronomique, devant un jury de quinze personnes. Ce cauchemar éveillé demande des mois de révision et s'apparente à un grand oral. Lorsque je le passai, j'avais juste trente-quatre ans, c'est-à-dire trente de moins que la moyenne de mes (futurs) camarades. Rétif aux concours, je n'avais jamais affronté ce type d'épreuve. Mon examen eut lieu dans les locaux du Club, à Paris, un pluvieux mercredi de novembre, en fin d'après-midi. On me fit attendre un long moment dans une antichambre silencieuse (j'étais évidemment arrivé en avance), puis le candidat précédent sortit et me regarda avec compassion :

« C'est vous le suivant ? me demanda-t-il, livide.

– C'est moi…

– Alors courage. »

Puis on vint me chercher.

Comme dans un tribunal de la Sainte-Vehme, me voilà face à une table derrière laquelle trônent trois messieurs. De part et d'autre, des sièges collés au mur sont occupés par des individus impassibles, délibérément austères, d'une neutralité asphyxiante. En tout, ils sont seize. Je m'impose d'aller tous les saluer, croyant serrer la main à des statues du musée Grévin. Puis on m'indique la seule chaise vide, en face de la table.

Commence l'examen…

L'un après l'autre, d'une voix mécanique, chacun me pose une question. Il s'agit d'être rapide et affûté.

« Si tu ne connais pas la réponse, ne tente pas d'être plus finaud et avoue que tu ne sais pas, si possible avec humour », m'avait prévenu l'ami qui m'avait parrainé dans cette aventure.

Dont acte, me voilà qui récite des listes de vins, décris des plats opératiques, évoque l'amour d'Apollinaire pour la tête de veau, me plante sur la définition du zist, parle de mes terroirs favoris, mentionne la figure paternelle, sans laquelle je ne serais pas devant eux aujourd'hui…

Au bout de quarante-cinq minutes, le silence redevient glacial.

« Nous vous remercions. »

Je sors, plus trempé qu'au sauna. Mon nœud papillon a l'oblique d'une bite d'âne et je titube jusque dans la rue, sans pouvoir dire si ce fut un triomphe ou un désastre.

Pendant deux semaines, je n'ai pas de nouvelles et l'incertitude devient corrosive. Je ne dors plus, perds l'appétit, reste électrique. Mes proches se moquent de moi : « Tu es grotesque ! Comment peux-tu te mettre dans des états pareils ? »

Je sais qu'ils ont raison, mais c'est plus fort que moi. Lorsqu'on joue à fond, on peine à relativiser. Il ne s'agit pourtant que d'un club de vieux gourmands. Rien ni personne n'est en jeu, dans cette affaire. Mais – mon esprit français ? – rien ne me semble plus sérieux que le futile.

Après quinze jours de doute, je finis par recevoir un appel : « Bienvenue au Club des Cent. » Ouf !

Le principe est simple : chaque jeudi, dès midi, un restaurant (généralement parisien) est privatisé pour le déjeuner. Nous y sommes une cinquantaine. L'un des membres a concocté avec le chef un menu spécial, qu'il présente aux camarades une fois tout le monde assis. À la fin du repas, un autre membre se lève et fait la critique, en présence du chef. Puis, à deux heures et demie pétantes, chacun regagne ce monde qu'on dit normal.

Ainsi présenté, le projet semblera bien plat. Lorsque j'en parle à certains amis, ils s'étonnent que je frétille de retrouver les mêmes personnes tous les jeudis.

« Vous avez encore des choses à vous dire ?

– Si tu savais… »

Ils ne comprennent pas, et c'est tant mieux.

Sitôt le repas fini, un compte-à-rebours s'enclenche jusqu'au jeudi suivant. Les amitiés de bouche comptent parmi les plus belles qui soient. Ce qui se passe lors de ces jeudis relève de l'alchimie. Savoir que l'on va, des années durant, grandir, mûrir, vieillir en partageant les mêmes joies, en célébrant un culte commun, est incroyablement rassurant. Les centistes (ainsi se nomment les membres) ont coutume de dire qu'on s'y fait des amis d'enfance rencontrés à l'âge d'homme. Et c'est vrai. Il y a même une joie potache, un plaisir sans fard, à se retrouver aussi souvent, comme des garnements à qui l'on annonce la récré. D'autant que les jeudis débordent bien vite sur la semaine. Bientôt l'on se voit en dehors, l'on crée des « sous-commissions » pour le prétexte d'organiser des repas hors des clous, l'on reste en flux tendu pour commenter l'actualité, un nouveau restaurant, un plat, un chef… À cette kyrielle de joies ne manquent que les idylles, et c'est tant mieux car cela évite bien des rixes. Certains s'étonneront que ce club, à l'instar des clubs anglais, soit masculin. Je leur répondrai que les femmes n'y sont pas statutairement exclues, mais que la parité d'un repas en change souvent l'esprit. Désolé de dire cela, mais devant une femme les messieurs jouent les coqs. Il s'agit ici de penser avec son ventre, ses papilles, en laissant aux vestiaires les joies du lit.

Mes mots sembleront excessifs mais, dans ma mémoire, mon entrée dans cette confrérie est aussi importante, aussi lumineuse, que la sortie de mes livres, la naissance de mes enfants et certains premiers baisers. Cette assemblée possède une dimension radicale, définitive. Quiconque entre ici en prend pour perpette, et c'est toute la beauté de la chose, car mes camarades et moi sommes ligotés à vie. Crucifiés à la gourmandise : est-il meilleur Golgotha ?

# Kinder

Hitler a disparu sous les décombres du bunker, Mussolini a été pendu à un croc de boucher, mais l'axe Rome-Berlin n'est pas mort. Et si la seule coopération vraiment réussie de l'aigle et de la botte était gourmande ? En 1967, la filiale allemande de la firme italienne Ferrero (dont le célèbre Nutella, créé en 1946, est directement issu des restrictions de l'après-guerre, où la noisette du Piémont devait pallier le lointain cacao) crée les chocolats Kinder. Sur un emballage aussi blanc qu'une race pure, un jovial petit Aryen brandit une barre chocolatée. Il est blond comme le Hitlerjunge Quex, heureux comme le *Horst-Wessel-Lied*, beau comme un mannequin de Breker, souriant comme un plan de Riefenstahl : une vraie pub pour les Lebensborn ! Il est même étonnant que, malgré un demi-siècle, son esthétique ait si peu changé. Certes, il est passé du blond foncé au châtain clair et on a troqué l'affreuse chemise rayée pour un hoody, mais le gamin est le même. Cette permanence force le respect et on imagine mal, en France, une esthétique aussi durable. Les Teutons ont le cuir plus solide que les Gaulois.

Le goût pour les chocolats Kinder n'est (je pense) aucunement lié à son kitsch Albert Speer (quoique ?), mais compte au nombre de mes vices. Il est même un appel à la gloutonnerie, comme si je devais le dévorer pour qu'il quitte au plus tôt mon champ de vision. Au vrai, je me sens moins coupable de l'avoir dans l'estomac que dans le frigo. L'écœurement qu'il me procure ensuite est même une satisfaction masochiste, comme si je bichais d'en souffrir, comme si je l'avais mérité. Il me faut alors retourner à la supérette pour en racheter et réenclencher ce cycle infernal. On a les Sisyphe qu'on peut.

# Poète

La gastronomie a ses chantres et ses hérauts, ses défenseurs et ses poètes. Emmanuel Giraud est de ces derniers. Poète, oui, car il aborde la table avec une folie échevelée et une rigueur métrique. Depuis une vingtaine d'années, ce ludion rigolard mais réservé tresse, avec une patience de bénédictin, le trait d'union subtile, complexe, impalpable, entre l'esprit et le goût, entre l'art et la gourmandise, entre l'avant-garde créatrice et la faconde rabelaisienne. Pour lui, rien n'est plus sérieux, plus profond, plus grave que la science gustative, et il s'emploie à la célébrer avec une austérité funambulesque, que vient toujours éclairer un œil piquant, une remarque acide, un sourire en coin. Emmanuel Giraud est un alchimiste du goût, qui aborde toutes les faces du palais pour guigner la pierre philosophale. Et sa quête est d'autant plus fascinante qu'elle est collective, car tout est fondé sur le partage et le contraste des expériences. Ainsi ce diplômé du Fresnoy a-t-il plongé des convives dans le noir, pour les faire déguster à l'aveugle puis se remémorer, devant un micro, le dîner avec leurs propres mots. De même, il a reproduit le dîner funèbre de Grimod de la Reynière. On lui doit des monographies sur l'amer, l'excès ou une superbe anthologie du pâté en croute. Lors du lancement d'un petit thriller gastronomique, *Coup de fourchette*, que j'avais écrit pour mon amie Émilie Frèche, Emmanuel Giraud avait organisé une performance dans un club privé parisien : des langues de veau étaient pendues à des cordes à linge, on mangeait des bouts de cervelle et, comble du raffinement, on picorait des tranches de boudin tièdes sur le corps d'une femme nue. Il est depuis peu le taulier d'un bar à vins nature au cœur de Saint-Germain-des-Prés, Augustin marchand d'vins, qu'il régente avec une douceur de mère maquerelle.

Mais le plus homérique reste sa recréation fantasmatique du *Satyricon* de Pétrone. Alors pensionnaire à la villa Médicis, dans la section « arts culinaires » (qui a depuis été honteusement supprimée), Giraud avait décidé de « refaire » le célèbre banquet de

Trimalchion. Pour cela, il a demandé à douze invités, qui ne se connaissaient pas forcément entre eux, de jouer le jeu, la nuit du 5 au 6 septembre 2009, de 23 heures à 6 h 49 du matin. La seule contrainte était d'être vêtu de blanc, puis de se laisser porter…

Avec quelques gastronomes triés sur le volet (dont François Simon et Bruno Verjus), nous nous sommes retrouvés dans une Rome caniculaire, pour ce voyage au centre du goût.

Après avoir endossé une toge rouge, s'être couverts d'un loup et massé les pieds, les invités ont suivi dans les jardins de la villa un parcours qui tenait à la fois du train fantôme et du marathon gastronomique, avec pour leitmotiv musical des pièces pour cor solo que le compositeur Yann Robin avait spécialement concoctées.

À travers quatorze stations, nous avons pu dîner allongés autour d'une piscine où le boucher Yves-Marie Le Bourdonnec en costume d'Adam tranchait des volailles; manger du homard au boudin dans des têtes de cochon d'argile; déguster du lièvre au chocolat, du bœuf aux oursins, du sanglier aux dattes; tremper de la joue de veau dans une huître en gelée ou encore grignoter des sashimis sur le corps d'une femme nue… Mais tout cela ne serait qu'un simple et savant festin, sans la présence baroque d'un amphitryon nommé Fabien Michalon. Présenté aux convives comme le mécène du repas, cet homme dodu drapé dans une toge du *Couronnement de Poppée* de Strosser jouait le rôle de Trimalchion. Fat, bavard, dégueulant d'autosatisfaction, brillant et lourdingue, farceur et épuisant, il incarnait toute l'ambiguïté de cette performance qui était – c'est le principe même de la recréation – entre le pastiche et l'hommage, le canular et l'œuvre d'art. Cet homme au verbe épuisant se disait industriel, descendant d'une famille de clowns et dans le secret des puissants, mais on le croirait volontiers romancier total façon Thomas Pynchon, spécialiste d'opéra baroque et ancien pensionnaire de la villa.

Une fois le repas achevé, le doute ne cessait de planer sur l'identité de ce personnage mêlant Falstaff, monsieur Jourdain et madame Verdurin. Il restait même la plus indigeste et géniale création de ce grandiose opéra de table, où, comme au théâtre, tout n'était qu'illusion.

Emmanuel Giraud est le poète de toutes les outrances.

# Couteaux

Certains restaurants aiment à se tirer une balle dans le pied. Ils offrent des produits magnifiques, des recettes remarquables, un savoir-faire inouï, et pourtant un détail cloche. Ce peut être un personnel hautain, un serveur revêche, des problèmes d'aération (combien de repas d'où l'on sort infusé de graille, oignonné et plus huileux qu'une baraque à frites ?). Ensuite, c'est une question de lubie, de blocage et d'appétence. Pour ma part, j'accorde une attention toute particulière au choix des couteaux. Je suis toujours surpris quand des restaurants dits carnivores, qui vous proposent des entrecôtes juteuses, royales, ruinent tout effet par des lames de troisième zone. Économie de bout de chandelle, les restaurateurs confient ces steaks de compétition à des couteaux sans ambition, vendus par lots et qui passent au lave-vaisselle. Surtout : ils offrent des lames crantées, comme des couteaux à pains, alors qu'il les faudrait aussi lisses que des rasoirs. Une viande se tranche, elle ne se scie pas. Péché capital ! Cela revient à conduire une Bentley sur un chemin caillouteux, à regarder un film sans lunettes, à mettre une rasade de Badoit dans votre pommard, à manger de la truffe blanche avec de la Savora. Et voilà la fière bidoche qui se déchiquète, s'effiloche, sous les coups répétés d'un couvert hors de propos. Je trouverai toujours mille excuses à une maison qui propose des couteaux de haute volée, car c'est preuve de respect : respect pour le client, respect pour la viande. Sans aller jusqu'aux admirables mais prohibitifs couteaux 9.47 (ah, le savoir-faire puydomois, l'excellence thiernoise…), on trouvera toujours un métal à hauteur du muscle qu'il va trancher. Méfiant de nature, mon père ne se sépare jamais d'un Laguiole qu'il garde au côté, dans un étui de cuir. Cela fait toujours beaucoup d'effet, surtout aux serveuses à qui il l'exhibe non sans un regard ambigu, comme s'il dévoilait un lingam. Je peine à faire pareil, par un mélange de paresse et d'espoir : je fais encore confiance aux bonnes maisons, toujours surpris (et déçu) lorsqu'on m'apporte un affreux manche plastifié, dont la lame ploie sous une viande que j'avais pourtant demandée bleue mais chaude. Revienne le temps des rémouleurs !

# Nostalgies

Tonton Marcel en a pondu trois mille pages : gourmandise est sœur de nostalgie. Une saveur ancienne escalade vos souvenirs et voilà que le passé remonte, mouvant, sinueux, avec sa cohorte d'images qu'une bouchée ressuscite. Fabuleux pouvoir du goût !

Je suis nostalgique de certaines tables parisiennes, vestiges de temps pré-bistronomiques, qui n'ont pas survécu à la marche du temps. Étaient-elles bonnes ? La question ne se pose guère. Ils sont des pans de ma jeunesse et leur « validité gustative » est secondaire : ces lieux furent, ne sont plus et me manquent ; comme tout adulte regrette ses éclats d'enfance, comme on frémit devant le passage du temps.

La plupart de ces tables étaient les derniers avatars d'une cuisine « à la mode vieille », riche en crème et sauce. Ils ont fermé non par banqueroute, mais car personne ne pouvait reprendre ou maintenir tant de gras, de vieux pots. Comme les gens, les lieux naissent, vieillissent, meurent.

Lorsque j'étais étudiant en Sorbonne, nous allions déjeuner deux fois par semaine dans une échoppe de la rue Grégoire-de-Tours baptisée « Cabane d'Auvergne ». On mangeait là un pavé au roquefort raide comme une gaule, mais le taulier avait la barbe gaillarde et ses steaks coûtaient trois sous.

Les mêmes années, je découvris un sombre restaurant basque du boulevard de Grenelle, près de la caserne Dupleix. Il s'appelait L'Étoile et n'avait de stellaire que le nom : des voilages crasseux, une salle obscure, des banquettes affaissées. Y moisissait une faune d'habitués mutiques, qui souvent mangeaient seuls, servis par un patron enjoué et sa sèche épouse. L'ambiance était gouailleuse et sordide, comme du Audiard récrit par Houellebecq. Dans cette cantine de quartier, sans charme ni lumière, le ris de veau poissait de crème, les légumes étaient flasques mais généreux, les desserts un repas en soi. J'y allais avec un septuagénaire bougon, pétri de culture et de rancœur, et j'en ressortais le cœur aux lèvres, craignant que la moindre feuille morte ne frôlât mon douloureux bidon, tel Abraracourcix dans *Le Bouclier arverne*. Cette Étoile était la métastase d'une époque depuis révolue et je suis heureux d'en avoir goûté les derniers feux. Avec le même retraité, j'ai connu les ultimes années de l'extravagant Chez Yvette, à l'angle de la rue d'Alençon et du boulevard du Montparnasse. Encore un boyau obscur, aux vitres noiraudes, où des serveuses hors d'âge et claudicantes vous apportaient des jattes de frites, des saucières de crème, des caquelons cabossés. Fermé depuis vingt ans, cet endroit a dû voir ses habitués fossilisés de dépit ou giflés par une nouvelle devanture, une carte modeuse, des clients jeunes et souriants, bref : une clientèle qui n'a plus la culture du gras et butine ses sucrines avec des cris de pipistrelle. Rideau !

Le plus triste sont ces tables qui ont tenté de garder l'esprit, mais se sont haussées aux goûts et prix du temps. Ainsi de l'antique Chez Germaine, rue Pierre Leroux, vénérable cantine du quartier Duroc qui servait des plats de grand-mère dans une vaisselle ébréchée. Les lieux sont les mêmes, mais la faune s'est *gentrifiée* et on débourse pour un ce qu'on payait pour quatre.

Il me faudrait encore citer Moissonnier ou Ribouldingue, dont je parle ailleurs ; Le Temps perdu, table molasse de la rue de Buci où je vidais des bouteilles d'Anjou frais avec ma grand-mère paternelle, qui finissait le repas en taillant des costards à toute sa famille; Les Boucholeurs de la rue de Richelieu, singulier bistro niortais tenu par un couple de marins uranistes, où je mangeais d'admirables moules sautées à la salicorne; plus récemment, la fermeture de Chez Grenouille, rue Blanche, et le changement de propriétaire de l'admirable Auberge Pyrénées Cévennes, rue de la Folie Méricourt, comptent au nombre de mes deuils.

Si je m'aventure plus loin, il me faut quitter Paris et faire cap sur l'Oise. Alors je peux chanter la geste du Vert-Galant, à Senlis, éphémère restaurant de la place Henri IV où je mangeais des tranches de gigot et des cerises amarena; ou bien le bistro de Formanoir, rue du Châtel, restaurant d'étage qui servait une gouleyante daurade en papillote. Puis je remonte encore et me voici à Chantilly, au Tipperary, à L'Epsom, à la crêperie La Cour pavée, mais cette litanie vire au rosaire, donc au pensum.

Au vrai, les restaurants ne sont que ce qu'on en fait, que ce qu'ils nous rappellent. Ils sont une extension de notre mémoire, des pépites de souvenirs, où le goût se drape de mille détails, sentiments ébauchés, espoirs enfuis, douleurs envolées. Il n'en reste que des noms, qui bientôt s'estompent à leur tour. Puis le ressac emporte tout et c'est sans doute mieux ainsi.

# Digestifs

Je n'aime pas les spiritueux. Ayant peu ou prou échappé à l'adolescence, j'ai pu passer entre les gouttes du whisky-coca et autres cocktails vomitifs qu'on servait dans les soirées mondaines chères à mes contemporains. D'une manière générale, je n'ai pas bu un verre d'alcool avant l'âge de dix-huit ans, puis me suis limité au vin. Si j'avoue une tendresse discrète pour le gin, c'est qu'il me rappelle mon grand-père maternel, Bostonien de Paris, qui le noyait dans du tonic. Hors cela, je n'aime guère le rhum, la vodka m'ennuie et je déteste le whisky. Depuis un bref coma dans un bar de Fukuoka, je me méfie du saké ; si j'aime la prose de Chardonne, le cognac ne me fascine guère ; enfin, les eaux de vies – qu'elles soient de prune, de poire, de mandarine – m'écœurent fissa.

À ce rejet des alcools couillus, je fais toutefois trois exceptions.

Mes fréquents séjours dans le Sud-Ouest m'ont laissé une tendresse pour l'armagnac. Est-ce une sympathie mousquetaire ? Je ne saurais dire, mais j'aime cette force tranquille, qui fleure à la fois le plein-air et le feu de bois, comme le mariage du printemps et de l'automne.

Sur la marche supérieure de ce podium, je place le calva. Les données géographiques sont ici exclues, car la Normandie m'a toujours inspiré l'ennui fade d'un dimanche de pluie : un sentiment de flaque, de boue et de coryza. En revanche, la chaleur fruitée du calva, sa puissance abrasive, sa rusticité bonhomme, son côté sauvage, étrangement clandestin (ah, les bouilleurs de cru…), excusent tous les kleenex que le bocage normand m'a fait user.

Vient enfin la chartreuse…

Celle-là, je l'aime d'amour. Dans une vie antérieure, ai-je été apothicaire ? Il me suffit de déboucher la bouteille (je l'aime glacée) pour humer des fragrances alchimiques, des fumets de pharmacopée, de plantes oubliées. Il y a de la magie, un petit côté grimoire, dans cet assemblage mystérieux, jalousement gardé par des moines du monde d'avant, à qui je prête le sourire édenté des gargouilles du *Nom de la rose*. À nouveau, je plaque sur cet alcool ma propre fantaisie, mais le goût est une création de l'âme, la rencontre de la surprise et de la mémoire. Et cette chartreuse, si sucrée, si enjôleuse, aussi dangereuse qu'une pente savonnée, a des séductions redoutables. Quitte à la boire, je l'aime forte, et la verte est une gifle. Près de 60 degrés : autant dire un coup de massue. Sa douceur est un leurre et elle vous coupe les jambes avec la hardiesse d'une faux. Incapable de bouger, la tête bourdonnante, je songe alors aux moinillons hilares, fiers de leur niche, la tonsure joviale. Plantés dans les montagnes, ils mitonnent leur élixir avec un silence de conspirateur, comme la dernière vengeance d'un dieu en qui on ne croit plus.

# Sablé

L'attaque d'un roman, d'un film, doit être efficace. Il faut happer le public et ne plus le lâcher ; pensez aux pré-génériques des *James Bond*. Si l'ouverture est molle, on risque de perdre l'auditeur. Et rien n'est plus difficile que de remonter la pente.

Dans un restaurant, si l'on vous apporte un pain rassis, grumeleux, sans charme, cela compromet le repas. Certains produits sont ainsi des thermomètres : ils prennent la température d'un lieu, révèlent ses qualités et ses défauts.

Chez le boucher, ce sera l'entrecôte (bien maturée ? vraiment persillée ? tranchée épaisse ?). Chez le charcutier, le saucisson (rien de pire que ces produits mous, au gras trop large, qui s'affaissent sous le couteau au lieu de résister à la lame). Chez le boulanger, on jugera la baguette (tous les croissants du monde n'excuseront jamais un pain sans éclat). Dans une pâtisserie, mon test portera sur le sablé. Produit anodin, que les gourmands dédaignent au profit de gâteaux plus ambitieux, le sablé est pourtant une école d'équilibre, de subtilité. Voilà bien un mets qui ne triche pas, car il est sans filtre ni filet. Pas de duperie chez le sablé ; trop mou, trop sec, trop sucré, trop cuit, trop pâle : les écueils sont légion. Bien souvent les pâtissiers l'oublient, qui n'y prêtent guère attention alors qu'il est le détail où se niche Belzébuth. À mon sens, la médiocrité d'un sablé entache tout un savoir-faire. Comment se prétendre pianiste si l'on ne fait pas ses gammes ? Un peintre pourra tricher, car l'abstrait est une poudre qui plaît toujours aux yeux des fats. Un pâtissier n'a pas l'excuse de la licence poétique : si sa pâte est faible, il coule. Le test suprême est aussi mon gâteau favori : le sablé à la confiture. J'ai toujours aimé la forme ludique et presque puérile de ces lunettes pâtissières, dont la rotondité rappelle les binocles des années trente. Un petit côté Brasillach, le sablé à la confiture. Au vrai, je n'en connais que peu de réussis. Trop souvent, une gelée insapide vient gâter une pâte qui pourtant se défend. Une fois de plus, l'équilibre est féroce.

S'il fallait n'en citer qu'un, je rends les armes devant la pâtisserie Jouvaud, à Carpentras. Les vrais gourmands savent que la capitale du Comtat Venaissin cache ce qui est sans nul doute l'une des meilleures pâtisseries de France. Les grands noms modeux du Paris clinquant, qui tiennent boutique et corner dans les *môles* de luxe, auraient beaucoup à apprendre de cette maison familiale, chez qui constance est sœur d'excellence. C'est bien simple : tout est bon. Absolument tout ! Depuis les fruits confits jusqu'aux glaces, des flans aux chocolats aux tartes au citron ; même leurs tisanes sont à se damner. Et puis les sablés, bâtons de maréchal de cette pâtisserie cinq étoiles dont le nom mériterait un boulevard, entre Brune et Murat. Fondants, onctueux, goulcyants, parfaitement agencés, enjôleurs, taquins, obsédants : ils sont la pomme d'un éden qui n'aurait pas besoin de serpent pour qu'on saute à pieds joints dans le péché.

# Tête

La politique abîme un plat. On le voudrait désincarné, neutre, par-delà les querelles, et voilà qu'il devient un manifeste. Il ne devrait pas y avoir d'encartage gastronomique ; certes, le véganisme est un combat, mais laissons ces malheureux à leurs radicelles, car il n'est jamais question de plaisir : quand on pense trop on ne goûte rien. La tête de veau est moins un kidnapping politique qu'un jumelage ; pendant au moins une génération, on lui associera encore ce président corrézien qui en avait fait son plat totem. L'arrosait-il vraiment de cervoise aztèque, comme le veut la légende ? Peu nous importe : en la revendiquant, il l'a dévoyée, sa consommation devenant bulletin de vote. Faisons donc table rase de cette couleur droitiste et rendons à la tête de veau sa virginité idéologique.

À bien y regarder, ce plat n'a pas besoin de béquille : il se suffit à lui-même et compte parmi mes favoris. Voilà encore une recette qui ne souffre pas la médiocrité. Certains restaurant semblent fiers de le proposer à leur carte (généralement en plat du jour) et il faut se méfier. Le client récupère un triste amas gélatineux, sans chair ni mâche, et le serveur de s'étonner : « Mais c'est une tête de veau, monsieur. » Las, ce plat est lui-aussi une leçon d'équilibre : équilibre des textures, de tons en camaïeux, du dur et du mou, du flasque et du roide ; la joue, la langue, si possible le groin, et bien entendu la cervelle. Celle-ci est souvent la grande absente, que les troquets refusent de servir car elle hérisse certains gourmands. On ne saurait pourtant en faire l'impasse. La maladie de la vache folle ayant jeté l'opprobre sur la cervelle de veau, on la remplace parfois par de la cervelle d'agneau, mais le glissement s'opère bien. Ensuite se pose le dilemme cornélien : gribiche ou ravigote ? Les écoles se valent et point n'est besoin de trancher.

Lorsque le plat arrive dans l'assiette, on peine à imaginer la jolie face vitelline qui l'a précédé. Une tête de veau rappelle ces masques de caoutchouc oubliés sur la table de chevet, après une nuit de carnaval ; ou bien la cagoule arrachée par Fantômas lorsque Jean Marais dévoile son bleu faciès. C'est enfin le visage postiche guigné par Pierre Brasseur pour remplacer les traits brûlés d'Édith Scob, dans le film de Franju. Si le travail est bien fait, on peut d'ailleurs déplier la tête dans l'assiette et retrouver sa forme initiale (mais je ne garantis pas la joie des voisins). Pour qui veut connaître ce passage de la bête au plat, je conseille d'aller baguenauder à Rungis, au pavillon de la triperie, de bon matin. Pendant des années, un grand Malien s'en était fait une spécialité. Il fallait voir ce colosse de deux mètres empoigner l'occiput du veau et, d'un couteau expert, en moins de quarante secondes, le desquamer, l'écerveler, puis le rouler dans une nasse.

L'un des rares à acheter les têtes « entières », pour les cuire à la mode vieille, fut longtemps Jean-Pierre Vigato. Son admirable restaurant Apicius servait ainsi la meilleure tête de veau de Paris, et lorsque vous en commandiez pour toute la table, il vous l'apportait entière et, l'œil piquant, la découpait sous vos yeux, comme un rituel païen, à l'effroi rigolard de tous les convives. Depuis que ce repère a changé d'âme, un tel spectacle est impossible à trouver.

La tête de veau est le plat favori de mon fils aîné, Valentin. Pour son anniversaire, nous dînons tous les deux et il faut voir les regards incrédules de nos voisins lorsque sa petite bobine irradie de joie à l'arrivée du plat. Père et fils n'en sont que plus heureux, comme si l'on mitonnait un canular. Puis chacun dévore son plat, avec le silence recueilli d'une intimité espérée trop longtemps. Un tête-à-tête de veau.

# Cappuccino

Tout écrivain est un détraqué avec un pied dans l'Atlantide. Son séjour au monde qu'on dit réel n'est qu'une parenthèse entre deux plongées en lui-même. Narcissique, nombriliste, injuste, égotiste, il n'est jamais plus heureux que face au miroir de son inspiration et de ses doutes. Lorsqu'il allume son ordinateur, tout prend sens, obéit à un ordre précis, une routine arachnéenne, et chaque détail est le rouage d'une mécanique dont lui seul connaît le fonctionnement. Il est une pendule et son horloger, l'un ne pouvant se passer de l'autre, sans que quiconque (autre que lui) ne puisse lire l'heure ni réparer le mécanisme. Il est à la fois Frankenstein et la créature. Sa vie repose sur une ligne de crête entre son inspiration et ses manies, une liberté de pensée et une routine de rond de cuir. Sans rituels, beaucoup d'auteurs seraient perdus. Certains pissent un chapitre sur un coin de table, mais ils sont rares, souvent graphomanes. La plupart des écrivains sont des forçats du mot, des bachoteurs, des besogneux, qui ont besoin d'un cadre pour ne pas tomber dans le vide. Certains sont du matin, d'autre du soir.

Pour ma part, je ne trouve mon inspiration qu'à l'aube, avant l'éveil du monde, lorsque la ville dort et que ma petite lampe de bureau est un phare au cœur de la houle. Il fait encore nuit, le jour pointe à peine et ma conscience naît en même temps que le soleil. Plus que tout, je dois écrire à jeun. Les vapeurs d'un repas et les lourdeurs de la digestion décapitent toute aisance verbale. Sorti de table, les mots ne viennent plus. Au saut du lit, en revanche, tout est encore possible. En ayant trois heures d'avance sur les autres, on se croit roi du monde. Ce n'est bien sûr qu'un leurre, mais cela suffit à donner du courage, à insuffler cette illusion très prétentieuse qui fait croire à l'auteur, l'espace d'un instant, qu'il arrivera à quelque chose. Ensuite, les réveils commencent à sonner et l'auteur redevient plumitif.

À cet élan, il me faut toutefois un carburant, et je roule au même naphte depuis plus de quinze ans : le Cappuccino Nescafé. Oui, oui, je parle bien de cette poudre beigeasse, sur laquelle on plonge de l'eau bouillante et dont la mousse artificielle fleure la crème solaire. Je ne sais pas si c'est dû à mes gènes étasuniens, mais l'épaisseur de la mixture rappelle ces « Latte » que les New-Yorkais ont en main, dans des mugs-thermos, lorsqu'ils prennent le métro. L'exemple américain est d'ailleurs paradoxal, puisqu'on ne trouve pas ce produit aux États-Unis. Lorsque je m'exile chaque année outre-Atlantique, ce Cappuccino est mon seul bagage, car j'en achète dix boîtes qui me tiennent autant de semaines. C'est bien simple : sans lui, ma plume s'égare, l'inspiration est à la peine, les mots ne viennent pas. J'ai tenté de me faire de vrais cappuccinos italiens ou de simples cafés : peine perdue. Il me faut cette recette très précise (lorsque la formule en fut subtilement changée, voici cinq ans, je mis trois mois à m'y habituer) pour que la mécanique soit en ordre de marche. Ne me demandez pas si j'aime vraiment cette poudre ; il n'est pas question de plaisir, encore moins de qualité. C'est une névrose, voilà tout.

# Traître

J'ai le goût des salauds et des traîtres. Serait-ce dû à mon (involontaire) pedigree résistant, qui m'a si souvent servi de bouclier et de parachute ? Disons que je trouve plus de beauté au Diable qu'au Bon Dieu. J'avoue même une attirance pour les délateurs et les assassins. Pas les médiocres, toutefois. Je pardonne aux ordures si elles ont du talent. L'artiste n'excuse pas l'homme, mais on peut dissocier l'être de son œuvre. Les cas les plus étranges sont ces sombres âmes reconverties dans la légèreté. Au sortir de l'Occupation, la corporation de la presse accorda une niche aux plumes dévoyées, leur reléguant – comme on jette ses restes à un chien – la critique gastronomique. Ainsi la gourmandise devint-elle la chasse gardée de quelques proscrits, parmi lesquels le mystérieux Robert Julien Courtine (1910-1998).

Sous le pseudonyme de La Reynière (qu'en aurait pensé Grimod ?), l'homme tint sur près d'un demi-siècle la chronique des restaurants du quotidien *Le Monde*. Alors que les caciques de *Je suis partout* trouvaient une seconde vie à *Rivarol* ou dans les journaux de la presse Bourgine (*Valeurs actuelles, Le Spectacle du monde*), c'est au cœur même de la bien-pensance que Courtine vivait sa résurrection. Il avait pourtant de sacrées casseroles, le Robert ! Antisémite patenté, chroniqueur à Radio-Paris, corédacteur du brûlot *Je vous hais*, membre du jury du prix Drumont, fuyard de Sigmaringen, condamné à dix ans de travaux forcés, il voit sa peine réduite à cinq ans et reprend du service à l'orée des années cinquante. Comment est-il arrivé au *Monde* ? La chose n'a jamais été claire, mais il fut engagé directement par l'austère Beuve-Méry. Son cas était d'ailleurs si délicat qu'il n'entrait jamais au journal, déposant sa chronique à la porte. Il devint pourtant le critique le plus influent de l'époque, capable de lancer ou détruire une gargote en un coup de plume. Polygraphe étonnant, il pondit une belle quantité d'ouvrages, parmi lesquels de passionnants livres sur l'histoire des grands restaurants parisiens. Ami de Simenon, il concocta les recettes de madame Maigret. Il fut enfin le contempteur de la nouvelle cuisine, s'opposant au couple Henri Gault et Christian Millau, qui appelaient à une gastronomie allégée, quand Courtine était chantre des roux et de la cuisine de grand-maman. Son acidité de plume et parfois sa violence étaient atténuées par le sujet même de ses combats : l'andouillette, la cuisine de terroir ; mais il suffit parfois de relire ses critiques et de troquer les mots. Faites le test : au lieu d'un plat, mettez une ethnie ; alors le diable refait surface, grimaçant et potache. La fourchette devient une fourche et les rôtissoires embrochent bien plus que des poulets.

# Virus

Peste soit des véganolâtres ! Ils sont odieux, ces ayatollahs du goût qui voient du politique partout, donnent du sens à chaque bouchée. Par nature allergique aux idéologies (au point d'être sans doute bien trop « dégagé », voire indifférent, insensible), je le suis plus encore lorsqu'elles entachent ce qui ne devrait être que spontanéité, naturel, culte du beau et du bon. Entendons-nous bien : exiger un produit de qualité, né et maturé dans de bonnes conditions, n'est pas sujet à caution. Ce n'est pas un combat que de préférer un poulet élevé au grain, une vache qui meugle en plein air, des légumes poussés dans une terre saine ; c'est juste meilleur au goût. Il ne s'agit pas d'engagement mais de bon sens. L'essentiel est de satisfaire le palais, pas la conscience.

La vie est trop courte, trop douloureuse pour qu'on s'impose des interdits aussi tristes. Les séides du légume vous rétorquent qu'on n'entend pas la souffrance de la bête occise, mais les dernières recherches nous apprennent que les végétaux eux-mêmes seraient dotés de réflexes. Et la souffrance de la carotte ? Le blues de l'artichaut ? Le spleen du radis ? Sans compter que ces imprécateurs portent souvent des chaussures de cuir, ou bien tolèrent le poisson. Il y aurait donc une hiérarchie des douleurs ? La souffrance maritime serait inférieure à la souffrance terrestre ? C'est juste qu'un être humain s'identifie plus au regard d'une vache qu'à celui d'un maquereau. Pour l'instant, le virus du gastronomiquement correct épargne les vrais gourmands. Mais au premier débordement on peut craindre le pire. Bientôt les ovins brandiront des pancartes « *mitou* », on mettra genou à terre devant les ruminants et l'on manifestera au cri de « *chicken lives matter* ». Ça promet !

# Éveilleur

Il y eut un avant et un après. Jusqu'au tournant de l'an 2000, j'étais un gourmand paresseux, qui aimait les bonnes choses mais se contentait de peu, qui n'accordait pas grande attention à la provenance d'un produit, à la typicité d'un vin, à la fragilité d'un légume. Au vrai, je n'étais exigeant que sur la viande, et encore. L'essentiel était de sortir repu. En somme : j'étais mal dégrossi.

Mon arrivée au *Figaro littéraire* a changé la donne, car j'y ai rencontré Sébastien Lapaque. Dans son sillage, notre petite bande de journalistes littéraires est passée de l'autre côté du miroir. Cela a commencé par un simple repas, au milieu d'une journée de labeur, rue du Louvre, au siège du *Figaro* :

« Venez, je vais vous emmener chez un copain chef.

– C'est dans le quartier ?

– Pas vraiment. Avenue Jean Moulin. Porte de Charenton.

– Mais c'est au diable ! On ne sera jamais rentrés pour le bouclage.

– Et alors ? »

Lapaque avait raison : et alors… ?

Comment mettre sur un pied d'égalité quelque obscure enquête sur le dernier plumitif en vogue et l'univers admirable dans lequel nous allions mettre pied ? Car cette excursion impromptue allait devenir régulière et bientôt compulsive. Le nom de ce restaurant ? La Régalade. Son chef : Yves Cambdeborde.

Le principe était simplissime : on prévenait à midi, on arrivait à une heure, on s'attablait et le spectacle commençait.

« On fait confiance au chef ! » tonnait Lapaque, qui commandait toutefois le(s) vin(s), initiant notre petite troupe aux règles alors neuves du vin nature, que régentait son ami Marcel Lapierre.

Lors, les plats arrivaient, sans discontinuer. Cela pouvait monter à quinze assiettes successives ! Charcuteries, terrines, gibier, produits sublimés, lièvre à la royale beau à pleurer, coquillages admirables, poissons parfaits : je serais bien incapable de dresser la liste des menus, qui obéissaient à la pure inspiration du chef, lequel trottinait jusqu'à nous, entre deux plats, le sourire rectangulaire, l'œil piquant, le front écumant, avec son exquise bonhomie, pour savoir si ça nous plaisait. Généralement, j'étais sans voix, car on ne parle pas la bouche pleine. Yves faisait le tour de la table, nous tapait sur l'épaule, puis retournait en cuisine, où il en venait parfois aux mains avec son second, Stéphane Jégo, futur chef de L'Ami Jean. Il arrivait aussi qu'on y déjeune puis y dîne, laissant Lapaque sur place pour le retrouver quelques heures plus tard, immuable et impérial.

Avec le recul, je réalise que ces années 2001-2006 furent pantagruéliques, ogresques et d'une prodigieuse camaraderie. Dans ma mémoire, je les appelle même mes « années Lapaque » car il n'a cessé d'être notre cicérone dans les premiers feux de la bistronomie parisienne. Lorsque nous n'allions pas chez Yves, nous allions chez son ami Thierry Breton, qui tenait (et tient toujours) le restaurant Chez Michel, derrière l'église Saint-Vincent-de-Paul. Ah, la poitrine de grouse farcie au foie gras et sa sauce à la baie de sureau ; les côtes de sanglier en cocotte ; le kig ha farz ; ces ormeaux fantastiques ; et ce kouign-amann… Ou bien au Repaire de Cartouche, de Rodolphe Paquin, chez qui je prends encore des poulets rôtis prodigieux le dimanche à déjeuner. Nous partions en week-end à Saint-Malo, manger les fromages de son ami Jean-Yves Bordier. Les soirées gourmandes se finissaient souvent dans une taverne médiévale aux vapeurs incorrectes, à l'angle de la rue des Quatre-Vents et de la rue Grégoire-de-Tours : Chez Jean-Pierre. Là aussi, Lapaque trônait, entouré d'une petite cour d'affidés qui auraient voulu voir en lui un condottiere alors qu'il les repoussait comme des mouches, à leur grand dépit. Souvent, nous le laissions là, chez Yves ou chez Jean-Pierre, inquiets qu'il ne puisse pas rentrer chez lui, à Versailles. Mais nous le retrouvions le lendemain matin, incroyablement sobre, ayant rédigé entre-temps huit feuillets sur Guy Debord, Bernanos, Port-Royal ou Simenon…

Années merveilleuses, sans lesquelles je ne serais sûrement pas devenu aussi friand du bon et du bien vivre. Depuis, Yves est l'emblème joyeux de la bistronomie médiatique et il a conservé son enthousiasme. Thierry Breton cumule trois tables et fait le meilleur pain de Paris. Quant à Lapaque, il continue cette conjugaison unique d'hédonisme et de jansénisme, dans des articles et des livres qui volent au-dessus de la mêlée. Ensuite, le temps passe, on vieillit, les querelles fanent les amitiés, mais les souvenirs sont là : intacts, lumineux et gourmands.

# Résistance

Saint-Germain-des-Prés est un fantôme. Un de ces boxers à trois pattes qui ne peut plus courir et vous regarde, avec un mélange de hargne, de rancœur et de dépit, lorsque vous passez devant lui. Un estropié, un infirme. Je suis d'autant plus dur que j'adore ce quartier, dans lequel j'ai grandi et où je vis toujours. Il y a quarante ans, les magasins y étaient dignes de ce nom, variés et cohérents. Avant l'invasion des marques, de la fripe de semi-luxe et des chaînes de tout poil, il y avait des commerces de bouche, des artisans, des librairies, des disquaires, et bien entendu des cafés. Aujourd'hui, seuls subsistent ces derniers, car la limonade est comme la salamandre. Le reste n'est que grisaille : le carrefour Saint-Germain-des-Prés est un duty-free d'aéroport et la rue de Buci un temple de la malbouffe. Au détour de celle-ci, tel le village d'Astérix, subsiste pourtant un étrange renégat, qui a su passer au travers des mailles du temps. C'est même un miracle que le Chai de l'abbaye occupe toujours l'angle de la rue de Bourbon-le-Château, comme une provocation à la vulgarité et aux modes. Alors que bouchers, charcutiers, boulangers, maraîchers, pâtissiers ont un à un fermé ; alors que se sont établis l'effroyable Paul, l'infect Germain, l'odieux Bar du Marché (incarnation du faux authentique façon Disneyland), le Chai résiste à tous les envahisseurs. Les migrants du mal-manger n'ont pas contaminé cette jolie gargote inchangée, comme la dernière part de vrai dans ce monde où règne le faux. Est-il protégé d'un halo magique, cet ancien marchand de vin qui a su conserver son âme ? Je le pratique depuis mon enfance et il me semble que tout y est semblable. À l'âge des frères Layrac, du Muniche, du Petit Zinc, de la Bonbonnière de Buci, de La Vieille France, on y mangeait les mêmes produits qu'à celui de l'empire Costes et des glaciers Amorino. Une parenthèse spatio-temporelle où le sabodet est immuable, où la mousse au chocolat est toujours aussi agrumée, où les tartines sont peut-être un peu trop croquantes, où le Beaumes-de-Venise coule allégrement, où les additions sont sans doute trop salées, mais tel est le prix du vrai. Sa clientèle d'habitués observe le quartier depuis ce radeau d'un autre temps, en espérant qu'il continue à flotter. Croisons les doigts.

# Limites

Quelles sont les limites du mangeable ? Est-il un point de non-retour indépassable, au-delà duquel l'homme (re)devient bête ? Ou bien tout n'est-il qu'une question de tradition, de climat, de religion, donc de culture ? On le sait, nos cousins de l'empire du Milieu n'ont quasiment aucun tabou alimentaire. Il n'est qu'à voir ces petits films qui pullulent sur la toile, montrant des asiatcs dévorant des tortues vivantes, des mollusques improbables, des pénis de cervidés ; quant aux marchés chinois, on connaît leurs conséquences sanitaires.

Si je m'avoue incapable de tenter le bombyx bouilli (on a voulu m'en faire goûter en Thaïlande) ou les insectes, je suis hippophage, j'aime la vessie de lotte, les tripes de tout poil, les fromages mobiles et les gibiers odorants. Nous sommes tous plus ou moins comme ces enfants qui décrètent ne pas aimer certains plats car ils n'y ont pas goûté. Comme l'histoire du petit veau qui n'aimait pas les pissenlits et les découvre les yeux bandés, il nous faut des stratégies sournoises pour apprécier un mets. C'est ensuite une question d'honnêteté et d'orgueil, rien de plus. Reconnaître qu'on s'est trompé est un saut dans le vide, mais il est salutaire.

J'ai toujours en tête la fameuse phrase de Jonathan Swift, frappée au coin du bon sens : « Celui-là a eu du courage, qui a été le premier à manger une huître. » Qu'on se figure un instant la scène… Où cela se passait-il ? Que cherchait l'homme (ou la femme) ? Une perle ? Comment s'est-il dit, devant ce magma laiteux, iodé, aussi appétissant qu'un frottis en Ehpad : « Tiens, si je goûtais ? » Était-ce avant l'avènement du cuit ? Était-ce un pari avec des amis ? À tout plat, il faut son Colomb.

# Cri

Françoise, où es-tu ? Ton cri d'aigrette, dès qu'on passait la porte de ton Auberge Pyrénées Cévennes. Ce tutoiement désarmant, pour le moindre client. Cette bonhomie qui n'avait rien de factice, à rebrousse-poil de toutes les tendances. Dans quelle province t'es-tu enfuie ? Pourquoi avoir tourné les talons devant tes sigisbées qui, telle ma pomme, venaient, humbles et pieux, dévorer tes tabliers de sapeur, ta tête de veau, tes rognons, tes entrées roboratives et tes desserts en pyramides. Depuis ton départ, la rue Méricourt a perdu sa folie. Françoise : reviens !

# Enfants

Passer le goût des choses, donner envie, ouvrir l'appétit. Et cela sans recourir aux séductions faciles de la friandise, des sandouiches, du biscuit. Apprivoiser un appétit, obliquer un palais, sans le dénaturer. Au vrai, le goût n'est qu'une somme mémorielle. Il n'existe guère de mets « pas bon », mais des produits sur lesquels on plaque des idées reçues, une culture, des tabous. Les chiens remangent leur vomi (quand ce n'est pas celui du voisin) et la coprophagie est prisée des audacieux (le banquet de *Salò* restant un jalon indépassable). Tout cela pour dire que, pris à la racine, les enfants peuvent absolument tout manger. Il s'agit juste de leur présenter la chose comme une aventure dont ils sont le héros, et non une corvée dont ils sont l'esclave. Au « tu finiras tes courgettes » doit être opposée une injonction moins définitive, car lorsqu'une papille se braque, l'estomac se racornit comme l'escargot qu'on n'aurait pas dû effleurer. Il faut romancer l'épopée, lui donner de la couleur, de la magie. Utiliser mille outils rhétoriques pour offrir au gamin le sentiment qu'il gagne une nouvelle dimension : celle de tous les goûts possibles. L'enfance est l'âge où l'imaginaire n'a pas de bornes : on croit aux fées, aux goules, aux yétis. On aime avoir peur, comme on goûte les carrousels. Un repas peut être aussi tourneboulant qu'une fête foraine. Il y a bien sûr des données étrangement innées (comme le goût mâle des grosses mécaniques et la tendance femelle aux poupées duveteuses), mais il s'agit de les tordre sans les déchirer. Bref : le tact s'impose.

Mes enfants sont à la fois mal et bien tombés : ils ont un père qui cuisine à peine, mais adore les emmener goûter des choses étranges. Par un mélange de mimétisme, de piété filiale et de sincère gourmandise, ils aiment la saucisse de foie, les tripes à la mode de Caen, le pied de porc, les charcuteries de toutes sortes. Leur mère rétablit heureusement la balance, qui leur sert des poissons frais, du quinoa et des graines. Avec moi, ils plongent dans les abats et sont l'âge tendre de la culture tripière. Valentin, mon fils aîné, aime à dire que son plat favori est la tête de veau. Il faut voir l'œil inquiet des serveurs et des convives, lorsqu'il la découvre à la carte et pousse des hennissements de joie. Emmené à Rome pour ses neuf ans, il s'est gobergé de beignets de cervelle avec la même allégresse. Fait-il cela pour ravir son père ? Sans doute un peu. Mais il suffit d'observer ses yeux mi-clos lorsqu'il avale une première bouchée ; sa bonne bouille rose quand il dévore sa langue, sa joue ; et puis sa mine repue, presque épuisée, lorsqu'il achève son assiette : la tripe lui coule dans les veines. Si je ne lui donne pas le goût de Wagner ou de Paul Morand, au moins connaîtra-t-il les éthers du cinquième quartier. Ce n'est déjà pas si mal.

# Asie

Ma gourmandise se conjugue à quatre mains. Je ne saurais avancer dans l'existence sans une âme sœur qui soit aussi compagne de bouche. Comble de chance, mon élue est reine des fourneaux et peut sublimer un simple fond de frigo. Lorsqu'elle ne fourbit pas ses papetons, rougailles, tartes au citron, crèmes caramel, tatins fondantes, caviars d'aubergine, courgettes, gaspachos, blanquettes, pâtes de toutes sortes et autres porcs au caramel, elle est une sherpa qui a su m'initier aux mille facettes de la nourriture asiate.

Étant « demi-nem » (c'est son expression), Camille (c'est son prénom) n'a de cesse de m'entraîner vers des tables que son flair débusque sans faille. On dit que les deux véritables gastronomies sont la française et la haute cuisine chinoise. Camille élargit le champ à tout l'Extrême-Orient, redoublant d'ardeur pour dénicher le dernier boui-boui shanghaïen, la nouvelle perle tonkinoise, un resto nippon méconnu, un petit thaï oublié. Le Bambou rue Baudricourt, le Foyer Vietnam rue Monge, Ebis rue Saint-Roch, l'antique Tsukizi rue des Ciseaux, le marchand de couilles de la rue de Trévise, les Pâtes vivantes, les gargotes de raviolis au bouillon, les repaires de la rue Sainte-Anne : elle m'entraîne partout. Et avec ça, cet instinct annamite qui, face au menu, lui fait choisir sans hésitation l'acmé de la carte. C'est bien simple : je ne commande jamais et préfère obéir à mon mentor ès saveur jaune.

Toutefois, si Camille a su développer mon goût du Levant, j'ai peine à contaminer certaines de ses propres réticences : le vin rouge l'ennuie, l'andouillette l'épouvante, les laitages l'horrifient. Lorsque par mégarde elle happe une lichette de fromage, son effroi ferait pâlir Cécile Sorel. Survient la grande scène de l'acte III, puis le final de *L'Exorciste* : invectives, râles, suffocations. À l'époisses, Camille préférera toujours le soja. Bon sang-mêlé ne saurait mentir.

# Circonspection

On a beau dire, tout est binaire : le jour, la nuit ; le soleil, la lune ; le blanc, le noir ; les mâles, les femelles. L'idéologie ambiante veut nous faire croire à un glissement permanent des choses, à une indifférenciation fondamentale, à un « dégenrage » systématique, mais au bout du compte, une fois la table arasée, l'homme est nu, avec ou sans zizi.

Je suis moi même passionné par cette « zone grise » où les individus peuvent glisser lorsqu'ils hésitent, lorsqu'ils ne savent s'il faut être héros ou salaud, lorsqu'ils sont guidés par leur instinct de conservation, leur bien propre, et non quelque idéal commun. Mais nous sommes là dans l'intellect, dans la pensée. Quand il est question de nature, celle-ci préexiste qui nous a placés dans un camp ou l'autre, dont il est délicat de s'extraire. Tout cela pour dire que je classe l'humanité en deux continents : ceux qui sont de la gueule et ceux qui n'en sont pas. Ce n'est pas un jugement de valeur, encore moins une accusation, juste un constat. Certains en sont, d'autres non.

Ensuite, je ne peux me retenir de m'interroger.

Sans aller jusqu'à la dichotomie excessive « je mange pour vivre »/« je vis pour manger », je reste toujours surpris devant ceux que le goût laisse de marbre. Est-ce là un refus du plaisir ? Une peur devant un hypothétique dérèglement des sens ? La crainte de perdre le contrôle de leur corps, comme ces drogués de la culture physique qui se clonent – et parfois s'accouplent – dans les salles de musculation ? La haine de ce fardeau éternel, qui crucifie l'être vivant à ses besoins primaires : manger, éliminer, dormir, se reproduire ? La conséquence de traumatismes, où l'enfant aurait été obligé de finir son assiette, laquelle était indigne ? Le refus d'une sensualité qui obéit, au bout du compte, aux mêmes lois, aux mêmes stimuli, que le plaisir sexuel (prédation, consommation, digestion) ? Bref : où donc le bât blesse-t-il ?

Je n'ai pas la réponse, mais je pense qu'à ces gens manque une case de plaisir brut ; il existe une impasse dans leur conscience, une zone interdite. À l'inverse, comme les aveugles développent à l'extrême l'ouïe ou l'odorat, ces oubliés du goût sont parfois des puits de science, ayant compensé la mémoire palatale par un savoir abstrait, un art du concept. Les joies de la table sont trop triviales, trop premier degré pour ces passionnés du double sens ou du symbole. Ils n'aiment pas le littéral, le rustique. Il serait sot d'opposer ici nature et culture, car la gastronomie est un savoir, presque une science, et maintes personnes de haute sapience sont de vrais ogres ; mais les joies de Comus demandent qu'on s'autorise à se poser, à mettre la machine cérébrale à l'arrêt, à communier de façon presque animale dans un culte rupestre qui nous relègue tous, sans exception, au rang de bête sauvage. Est-ce d'ailleurs cela qui dérange ? Manger ne serait donc qu'un plaisir honteux, comme le repas du *Fantôme de la liberté* de Buñuel ? Un chaînon manquant qui nous rattache aux simiens ?

Une fois de plus, je n'ai pas la réponse, et ne cesserai de m'interroger.

Les excès de la table sont grandioses lorsqu'ils ne se limitent pas à eux-mêmes, lorsqu'ils se drapent de musique, de peinture, de poésie. Ils sont même le lien ténu et merveilleux qui transcende les âges, les pays, car on n'a cessé de manger, d'aimer cela, et d'y voir plus que l'apaisement d'une crampe. Après tout, rien ne nous obligeait à passer du cru au cuit.

# Table des matières

**Dans la même collection**

*Petit éloge de la gentillesse,* Emmanuel Jaffelin
*Petit éloge du charme,* Harold Cobert
*Petit éloge du transat,* Vanessa Postec
*Petit éloge des saisons,* Pierre Pelot
*Petit éloge de la jouissance féminine,* Adeline Fleury
*Petit éloge du catholicisme français,* Jean-François Bouthors
*Petit éloge de David Bowie,* Daniel Salvatore Schiffer
*Petit éloge de l'enfant,* Pierre Lassus
*Petit éloge du running,* Cécile Coulon
*Petit éloge de la course cycliste,* Jean Cléder
*Petit éloge des gares,* Pierre Lassus
*Petit éloge du rugby,* Ludovic Ninet
*Petit éloge du surf,* Joël de Rosnay
*Petit éloge de Tintin,* Jacques Langlois

À paraître

*Petit éloge de la gratitude,* Olympia Alberti
*Petit éloge du baiser,* Jérôme Attal

Imprimé en France par CPI en décembre 2020
sur du papier Munken Print White
pour l'intérieur et Rives tradition blanc
pour la couverture.
Ces papiers sont issus de forêts gérées
durablement et de sources contrôlées.

IMPRIM'VERT®

Dépôt légal : février 2021
N° d'impression : 2054926
ISBN : 979-10-252-0515-0